Best Time

白 马 时 光

乖，把剑放下

吞茶嚼花 著

GUAI BAJIAN FANGXIA

百花洲文艺出版社
BAIHUAZHOU LITERATURE AND ART PRESS

目录

目录

壹

远游的鲸

等 待 一 场 命 中 错 过 的 长 生

在鲸十一的世界里，是没有什么看破红尘一说的。红是太阳，是珊瑚，是鱼虾血；尘是海沙，是礁石，是沉船木。

鲸十一活了两百年，没见过红尘。

一

鲸十一两百岁那天在海上开演唱会，唱《小小的爱在大海里好甜蜜》，唱到一半时发现不远处有上百号海妖，面目狰狞，皮肤迥异，赤橙黄绿青蓝紫，比彩虹还彩虹。它们眼神中有浓重的欣赏。

讲道理，鲸十一本以为他们是觉得自己歌声好听才来的，结果却在见他们手持兵器凶神恶煞地扑过来时，才算恍然大悟。

这他妈的，原来是觊觎自己鲸肉好吃。

南海的鲸族自古便是极少见到，加上传说鲸肉灵气浓郁，对修行大有裨益。鲸十一将心比心，认为海妖们此番举动倒是可以理解，不过理解归理解，保命归保命，当海妖踏上它百米长的背时，它还是翻了个身，水下的鳍轻轻一抬，便有数十海妖喷着血飞出去好远，在天际映出一道又一道彩虹。

庞大的身躯来回摆动几次后，依旧有一只大红海妖稳站在头部。鲸十一身形腾转，筋疲力尽难以摆脱，背上如同立着一座万丈高山，随它在海面上掀起了一阵阵波涛。

正值鲸十一束手无策之际，由远及近传来一声娇嗔。

“妖孽！受死！”

鲸十一恍惚间，看见了一道身影，灰色的，不显眼，有手有脚，麻布衫随风飒飒作响。那身影跃在空中，落向海妖，大红的血便迸发出来，血雾红了一片天，鲸十一却只看到一双漆黑的眸子，比烈日灼目。

背上传来海妖有气无力的声音：“小女娃，你是不是有点过分见义勇为了？”

女娃用冷冷的声音说：“我这叫替天行道，你这般口出人言的妖怪，屠害生灵，不得不死。”

海妖声音有一些凄苦，他说：“我们本是南海的老鱼修炼成精，自化人形以来，从来没有吃过人类。那绿色的一脉是青针鱼成精，爱吃小虾，肚量小，一斤管饱；那唯一紫色的叫紫后，曾经与一个人类谈过场恋爱，南海伴游三千里又回来了；我年长，这些化人的娃娃便奉我一声‘大王’，我领他们海中打猎，最常吃田螺，只因我那老婆爱吃。我们在南海活了百年，自己动手，丰衣足食，别说没吃过人，甚至吃过的东西也比你们人类要少，你又怎么说？”

小女娃冷冷说：“我这叫替天行道，你这般口出人言的妖怪，屠害生灵，不得不死。”

海妖喷血三尺，提起一口怒气说：“怎么还是这句？你他妈听我说话了吗？”

一口气没上来，就此撒手人寰。

鲸十一虽未看到二人，但也感到背上有一具身体由热转凉。良久，又有一丝温热，原来是女娃趴下来，脸贴着大背。

她喃喃说：“大鱼，你知道吗，我叫陈小双，可这茫茫人世，却只剩下我一个人啦。我能救你，却不能教你，这很可惜。所以我希望你好，却不希望你也成为那些妖怪。大鱼，我希望你永远无名。”

它听到这里，终于插上话了，它鼓起勇气说：“可是我叫鲸十一呀。”

紧接着，背上传来一阵刺痛，那又拎起剑刺向鲸十一的少女哭腔中带着慌张，“王八蛋，怎么你也能说话了呢？”

二

“我能说话，才是鲸十一。”

鲸十一驮着陈小双，向不远处那一叶扁舟游去。“当我说话那天，族中最老的鲸告诉了我这个名字。他叫鲸十，大我六百岁。陈小双，你说我们的名字是不是太草率了，有点没文化？”

陈小双嘴上轻轻“嗯”了一声，温柔得很，手里却一剑一剑刺入鲸十一的后背，锋芒毕露，毫不含糊。

鲸十一很无奈地说："没有用的，陈小双，我和那化了人的海妖不一样，我刀枪不入，水火不惧，你不怕累，我就不怕疼。"

然而陈小双很累，不仅累，还气馁。她收起剑，气呼呼地坐在背上，生着闷气。海风扬起她的鬓角，夕阳洒下，好一片金黄。

鲸十一说完自己，又问："陈小双，你为什么一个人出海？"

陈小双来了精神，她晃晃剑，指向南方，眼神带光，"南方有观音大士，我要去找她。"

鲸十一头偏转四十五度，闷声说："陈小双，这边才是南。"

陈小双的剑缓缓改变方向，不动声色，"我要拜在观音大士的门下，修道成仙，求长生。"

鲸十一问："为什么要长生？"

陈小双犹豫了一下，剑穗随着风，青丝也随着风，良久，才开口说："这是我的梦想，鲸十一，你知道什么是梦想吗？"

鲸十一摇摇头。

陈小双望着远方，说："鲸十一，你看到了吗，这船上帆，手中剑，雨中伞，就是梦想，它们为我遮风挡雨，我凭着它们一路杀敌。有的人最后拼到一世权柄滔天，抑或是金山银山，而我要那百年百年又百年的长生不老，无关好坏，途中坎坷，大风大雨，但我要去。"

"鲸十一，你有没有梦想？"

鲸十一正组织语言，背上一轻。原来陈小双已经跃在那小船上。它第一次看清楚少女的模样，一身灰色麻布衣，小麦肤色，两眼灿若星辰，眸中深处却冷如万丈寒冰。此时她开口说："你走吧，鲸十一。你的梦想我早就猜到了，你终有一天会化作人形，懂爱懂恨，也明白贪心，那时你的梦想就是吃遍东南西北的人。妖精自古是这样，我们再见不两立。"

陈小双扬起帆，乘着风，一身麻衣落在鲸十一的眼中，比什么都好看。

三

鲸十一回到南海海底，找到如山脉巨大的鲸十，他说："鲸十叔叔，今天有一个人救了我，真人，女人，有手有脚，叫陈小双。"

鲸十睁开眼睛，他说："不错，女人肉嫩，尤其是年轻漂亮的少女。少女的血浸着肉，沁着骨头，一口下去满是说不清道不明的七情六欲，你吃了她没有？"

鲸十一摇摇头，咂咂嘴，大眼睛恍惚回忆说："没有，但她应该是很漂亮的，至于味道……她说话时淡淡的，有点甜，站在船上，我就能闻到阳光的味道。"

"那多好，吃了她，我活了这么久也不知道阳光是什么味道。"

"鲸十叔叔，你不懂，这是文学手法，比喻。"

鲸十哼了一声说：“我不知道什么手法，我只知道我是鲸。我们鲸族站在南海的顶端，吃草吃鱼，也吃人，无所不吃，大海残酷，哪有仁慈？你是为了生存而吃，岂是为了果腹？”

“可是鲸十叔叔，你的梦想是什么？”

鲸十一突然问，但没有给鲸十开口的机会，接着说：“你哪有什么梦想呢？我们都没有梦想。总有一天，我们也会死，回首千百年如一日，有什么意思？”

“我不想吃人，山珍海味人肉鲜美，我都不想，我只想长生。”

一阵死寂后，鲸十一缓缓说：“鲸十叔叔，我觉得我应该和那个女人走。”

鲸十闭上眼睛，叹息说：“十一，我明白了，你去吧，不要回来。我祝你证道成仙，长生万年，但不要回来。你今日离去，会化人，会成仙，再不是鲸。”

四

鲸十一不明白自己会成为什么，两百岁的年纪，还年轻，还不知道岁月究竟有怎样的魅力，能叫那么多人流连其中，痴迷长生。

很久很久的后来，它眯起双眼回忆如今时，才明白岁月弄人的荒唐与残酷，才明白它向南追上那扁舟，对舟上的人说自己也要求长生的那天，那属于一条大鱼的长生真谛。

海角升起朝阳，陈小双瞥了一眼身边复返的百米大鲸，淡淡说："你本就成妖，得天独厚，长命百岁长命千岁，你求什么长生？你找我又有什么用？"陈小双顿了一下，眼中浮现出毫不掩饰的不屑与鄙视，"还是说，你后悔了，要吃了我？"

鲸十一很诚恳地说："你错了，你们都说妖怪应该吃人的，可你是我遇见的第一个人，我不想知道你好不好吃，只明白你叫陈小双，背着剑，真好看，救过我，说了好多话，真好听。"

陈小双负手而立，嗤笑说："妖怪岂有不吃人的道理？青年比老人好吃，女人比男人好吃，最后发现味道属童男童女最佳，你们妖怪的喜好连我们人类都一清二楚，别狡辩了，吃不够的。"

"何况你想得太简单了，成仙长生，首先就要抛弃七情六欲，而妖怪若想成仙，又要学会七情六欲方能化人。学会再抛弃，你图什么？做一只无忧无虑的大鲸，多……"

话还没说完呢，船只晃荡，原来是鲸十一游到小船底，托起来，嘟囔着说："陈小双，不要说啦，来日方长，千秋万载，你绝看不到我吃人。"

茫茫大海波连天，有百米大鲸，背船南行。

五

鲸十一始终不明白陈小双一个女孩子，为什么这样痛恨妖怪。

海妖是女的，面目有些苍老，金色的鳞片褪了色，她站在两丈高的礁石上眺望，见了二人，问："姑娘，你见没见过一群海妖，赤橙黄绿青蓝紫，什么颜色都有。领头的是一只火红色的海妖，他有些老了，但眉目间有英气。"

"见过。"陈小双口中应下声来，手上却持剑跃向海妖。那身影带着一往无前的气势，仿佛就要凭着那手中三尺剑，斩尽世上无尽妖怪。

"陈小双！"

一声大喝炸在陈小双耳畔，她扭转身形，错过海妖，踩在沙滩上，回头望向出声制止的鲸十一，眼神清冷。

鲸十一长吁一口气，对陈小双说道："你这般不分青红皂白便下杀手，与那些吃人的冷血妖怪有何不同？"

陈小双面无表情，但终究没有再出剑，径直向小岛内寻木柴瓜果去了。

"见过。"鲸十一接过话来，接着问，"怎么了？"

海妖没有回答，急切问："在哪里？"

鲸十一犹豫了一下，说："很远，他们声势浩荡，应该是去打猎，遇上我正在唱歌吟诗，领头的海妖很欣赏我，你听吗，《小小的爱在大海里好甜蜜》？"

海妖笑了，她捧起挂在颈间的海螺，眼神温柔，"对，他们的确是打猎去了，只不过这次走得好久。大鱼，你知道吗，他一定又去为我找海螺了，其实我不爱吃海螺的，只不过他是个路痴，我便站在这里吹着海螺，为他引路。”

“他的确说过海螺的事。”

海妖抚摸着海螺，讲了好多话，从不谙世事到疲于生存，再到纠集一帮小海妖定居于此，讲故事的如痴如醉，听故事的津津有味。直到陈小双回来，她捧着柴火瓜果，一眼没看那海妖，跳上大鲸背上的小舟，一人一鱼才缓缓离去。只是忽然间，他们听见身后海妖大声喊道：“大鱼！再相遇一定要告诉他，告诉他，我还在等他！”

这一次，鲸十一没回应，陈小双也沉默，船乘着鲸，鲸乘着海，徐徐离去，身后传来海螺的声音，呜呜呜。

“陈小双，我觉得，我懂爱了。”

“只因为听了海妖几句话？”

“我觉得，我们不应该杀那些海妖。”

“妖怪都该死，鲸十一，你再说海妖的事儿，我们就分道扬镳。”

“陈小双，今天的太阳有点大呢。”

“怎么说？”

“我的后背被烤得好热。”

“你接着说海妖的事儿吧。”

专心烤鱼的陈小双不动声色，在背上又添了几把柴火，熊熊燃烧。

六

海面上有一个闭目打坐的年轻男子，妖气纵横，星目剑眉，披大金袍，眉心点着猩红图案，是一柄小三叉戟。待鲸十一二人离得近了，男子缓缓睁眼，与两道好奇的目光对视，他嘴角挂起一抹笑，温柔说："大鲸背小娃，深入南海是为什么来了？"

陈小双哪里有回答男子的心情呀，自从远远察觉到这个化人的妖怪后，便蓄势到了现在。此时她眼神收缩，身体如离弦之箭，三尺青锋霎时出鞘，剑指那妖气滔天的男子喉咙，行事之快，连鲸十一也阻拦不住，只看到天际划过一线残影。

那男子倒是毫不畏惧，嘿嘿一笑，仅一拂袖，陈小双便又远远地摔回了鲸十一的背上。

陈小双沉默拭去嘴角鲜血，开始打坐调息伤势，眼中的杀意被她藏去心底，她开始小心观望这名化人的大妖意欲何为。

鲸十一本就毫无城府，察觉陈小双平安无事后，老老实实答道："我要去找南海的观音大士，化人形，修长生。"

男子听了，指着鲸十一笑说："你这大鱼，有得天独厚的灵性，南海一霸自在逍遥，怎么就偏偏要去做人？做人有什么好？"

鲸十一向往地说："我要化人，去看一看滚滚红尘，懂爱懂恨，懂人间悲欢，化人后我还要看破红尘，修炼得道，位列仙班。"

男子嗤笑一声，"化人，你可知化人后又会有怎样的不开心？"

“怎样的不开心？”

“我乃西海龙宫三太子，一百年前，我是千丈的大龙，眨眼即可翻云覆雨，寰海宇内尽可去得，无忧无虑三界逍遥。后来，如你所见，我化人了。我好像多出一些想法，就像你说的，我去爱去恨，有人有妖。世界开始变得复杂，我想要很多。

“后来，我听说有一只猴子，叫美猴王，也叫孙悟空。他去了东海，抢走定海神针，又开始自称齐天大圣。最后发生了一些事儿，在一个秋高气爽的早晨，他穿着金甲拎着棒子，血染星空，将天庭捅了个通透。这般天下无敌威名赫赫，我也想要。”

一旁坐着的陈小双突然问：“再后来呢？”

“再后来？后来我也想名满天下，我给自己取名叫美龙王，好不好听？我开始四处作恶，偷过蟠桃，抢过仙丹，走私过天马，调戏过仙女，可父母宠我如刚出生的婴儿，替我压下了许多事。终于有一天，本宝宝打碎了一颗明珠后潜逃，从此名满天下，三界追杀。”

陈小双问：“那明珠什么来头？”

“那是玉帝赐予我父皇，我父皇又送给母后的定情信物，天上地下，独一无二。”

陈小双又问：“你为什么要打碎它？”

“我就想成名。”

陈小双想想说：“那你这不就属于手贱吗？”

三太子很不高兴，不理这言辞刻薄的女人，开始问海中的鲸十一：“大鱼，你听明白了吗？化人哪里好？人啊，既想要这个，又想要那个，一生之中，根本没有满足，什么爱恨，都是贪心。我虽化了人，却也不后悔。我为龙，眼中有最美丽的风景，我化人，才看得见最丑恶的人心。

“所以，作为一个经历沧桑的前辈，大鱼，我跟你说，人太复杂，也太肮脏，做一条鱼比什么都好，大鱼，你觉得呢？”

鲸十一想想说：“我觉得美龙王这个名字真难听。”

“很好。”三太子颔首，“小伙子，你很有前途，我看你顺眼，指引你一条明路。你若真想成人，南海龙王那里藏有一颗灵丹，医死人生白骨，服之即可长生。不多说了，我还要继续旅行。”

三太子离去了，踏波前行，潇洒无比，像看破红尘的仙人。只是他大金袍的光芒被云笼上一层阴影，鲸十一抬头望去，是来了遮天蔽日的天兵。

金龙化人，纵情三界，名满天下。

结果好狼狈。

七

鲸十一作为开灵智的大鲸，来到龙宫时，是龙王亲自前来接的。

龙王说：“稀客，有何贵干？”

鲸十一郑重说：“龙王，我想化人，听西海三太子说过，您这儿有可使人长生的灵丹一颗，不知能否有缘得到？”

龙王盯着他斗大的眼睛问：“鲸十一，你确定想化人吗？化人没有变回去的道理，只有等真正立地成佛，或是位列仙班那天，才能自由变幻。”

陈小双也盯着他，问：“鲸十一，你确定想化人吗？化人就有七情六欲，喜怒哀乐，你拥有，却不懂，何谈放下？成仙之路遥遥无期。”

鲸十一重重点头，晃动的海水撼动了龙宫。数息后，龙宫门前没了百米大鲸，取而代之的是一个人，男人，九尺高，五官端正，棱角分明，生来披黑袍。

鲸十一问：“龙王，那灵丹一事？”

龙王看着化人的鲸十一，面有戚色，留下一句“跟我来”，便独自向龙宫深处走去，二人跟随良久，与龙王在僻静处进了一间密室，正中央摆着一个打开的玉匣，上面有金丹璀璨发光，透着仙气。

鲸十一看着金丹，喃喃说：“好漂亮，但我为什么感到好熟悉？”

“你当然熟悉，这本就是南海鲸族的内丹，唯有开灵智、化人形的大鲸才有，并且一定要配合我们龙族的秘法取出。这颗内丹属于鲸三，是与我当年打天下的兄弟。我们说好要称霸南海，一千年过去，我成了龙王，他却没挨过来，我信守承诺，将他的金丹供奉于此。这龙宫，这南海，一半归我，一半归他。”

陈小双突然出声问：“怎么样才能得到它？”

老龙王笑了，他说：“这金丹算不上贵重，只是稀少。但即便是如来佛祖、玉皇大帝，抑或是那抢了定海神针的猴子来，也拿不走它。这是我的兄弟，谁动它，我倒灌南海淹了他。”

陈小双说：“哦。”

在龙宫数日过去，鲸十一整日不知在忙些什么，但是陈小双已等不下去了——毕竟鲸十一已化人，龙宫秘宝也无望得手。

这一天她找到鲸十一，问：“我们什么时候走？”

鲸十一唯唯诺诺，说：“再等等。”

“再等等？三天前你就是这么和我说的，三天之后又三天，三天之后又三天，转眼都快十天了。十一，你实话告诉我，你是不是想留在龙宫了？”

鲸十一近乎恳求地说：“再等等，小双，再等等。”

“等什么？我明白的，龙王视你如己出，三太子更说得没错，你想要了，权柄滔天，金山银山，你不想走了。”

“陈小双，你清楚我想不到那么多。”

“你想得到，你怎么会想不到呢？你化人了，心思玲珑，只不过我武力不及你，却比你了解人类太多，你什么心思，我一眼便看穿了。”

鲸十一面露难色，他含含糊糊说：“陈小双，其实你什么都没看穿，茫茫南海，你去哪里找观音大士？红尘俗世，香火鼎盛，人老人家忙着救死扶伤呢，我们……我们先多在龙宫逗留几日。”

陈小双摆摆手，“鲸十一，这几个月的日子，如今摆在荣华富贵前，就这么被你忘了。但我不怪你，正如我所说，我了解人，你很好，学得很快。”

陈小双独自离去了，只留下身后脸色苍白的鲸十一。

他不能不脸色苍白，那几个月的碧海蓝天，他想：我怎么会忘？我怎么可能忘呢？这个男人将手捂在自己陌生的心口，他想啊，想那天初遇，你趴下来，将脸贴在我背上，像烘炉，像火烧云，炙热从我的脊背，一路烧到心房，途经的血液尽被烧得沸腾。陈小双，你告诉我，我怎么会忘？

鲸十一原地嘟囔了一句：“不是啊，陈小双。是我懂爱了。”

八

那些日子，为什么走到如今却不欢而散？也许陈小双明白，鲸十一明白，连鲸十也明白。每个人心里都装着一个答案。

陈小双准备走了，打理行囊，闲暇时在龙宫外望海，从未与虾兵蟹将之流有过一句交谈，仿佛在她眼中，一切成精的生灵身上都背负着数不清的人血，罪孽深重，滔滔海水洗刷不去。但她心中因为即将离去似乎总萦绕着伤心。她跟大鱼说自己看透了，滚滚红尘，七情六欲，可为什么伤心，她不明白。

鲸十一明白，梦想没那么简单，那些所谓美好的梦想，的确像船上帆，手中剑，雨中伞，一路遮风挡雨，可这也正代表一路上少不了骇浪滔天大雨滂沱，终有一天寒芒毕露，你抓不住它，就注定要承受那些与美好不符的苦难。

鲸十一好像的确变得复杂了，他终于走到了所谓的“后来”，也将无数次地回忆这个“后来”。

后来他明白，曾经那条大鱼，向往的从来就不是长生。那懵懂时的一腔孤勇，都只是为了与少女同行。

最后一次见到陈小双已经是三天之后了，鲸十一刚刚写了一封信寄给那个站在礁石上等待的海妖。信上他说：“你也许会恨我，更会难过，但你应该找到你的答案。”

海妖会选择怎样面对那个残酷的答案，鲸十一已经不想知道了。信寄出后陈小双来请他喝了一场酒，在南海龙宫，杯是无瑕碧玉，酒是百年琼浆，摆在青石桌上，麻布衫，大黑袍，郑重坐在青石桌旁。酒过三巡，鲸十一很开心地站起来，郑重说：“小双，我有个好消息要告诉你。”

他说这句话时的确是兴高采烈的，陈小双看得出来，他手舞足蹈，眼睛神采奕奕，像孩子一样放着光，只是说完，鲸十一却感觉到自己全身无力，喝下去的酒烧着他的胃，火辣辣的，烧得他倒在了地上。

陈小双叹了口气，拿出匕首，锋芒毕露，映着狼狈的鲸十一。

他痛苦地问："为什么？"

陈小双蹲在旁边，幽幽地说："十一，你还记得吗，你问我为什么要长生。自古以来求长生的都是什么人？皇帝商人，道士和尚。你问我怎么就想长生了，我说梦想，你信吗？我就是一个普普通通的山村女孩儿，只想嫁给一个老实的汉子，他可以有点野心与小聪明，但要善良。我们会盖起二层的小木楼，做点生意，也许是间茶馆。我为我的男人生下一对龙凤胎，男孩考取功名，女孩嫁给好人家，几十年后子孙满堂，我死了，有一大家子人来给我上坟。

"这就是我的理想啊，十一。可是呢，你们来了，青面獠牙的，应该是一群狼妖。我爹信佛，种了一辈子地也不愿去打猎，那你给我说说，狼妖怎么就找上我们家了呢？狼妖咬断我爹的喉咙，又摔死了我娘，我的汉子挡在我的身前，被它撕成了两半。它站在我面前，扑上来的时候，仙人来了，将狼妖杀得一干二净。我跪在仙人面前，求他收我为徒。他说成仙要断七情六欲，又说我六根不净。后来我明白了，我那是恨啊。鲸十一，这回你知道为什么了吗？

"我陈小双，滔天大仇，此去求仙，证什么道？我只想除妖。"

陈小双说完，那柄匕首再不停留，刺入了鲸十一的心口，不长不短，整三寸，她机械般地递出手，在下一息后瞠目结舌。

"你……你的金丹呢？！"

九

鲸十一说不出话，嘴颤抖着，身体颤抖着，只有眼睛一动不动地盯着陈小双。

几息工夫，龙王来了，捧着玉匣，刚来便看见鲸十一心口的伤痕，一目了然。他叹了一口气，看向鲸十一，说：“鲸十一，你说你何苦，就为了这样一个人类，你跪在我面前，求了一次又一次。”

龙王又看向陈小双，说：“你又是何苦。明明今日，你就可以证道长生。”

陈小双跪在地上，抬头问：“你什么意思？”

龙王冷冷说道：“你面前这个鲸十一，求了我一个月，跪了我一个月，他说你一介凡人，茫茫南海，要求一场天大的长生机缘，何其难。于是他跪在我面前，头都磕破了，却只为了让我取走他的内丹，明白了吗，他宁愿回去做那一条不开灵智的大鱼，来换你一场长生。”

说完，龙王将那玉匣撇在了地上，白玉匣摔得粉碎，一颗金丹从中滚了出来。

落在陈小双的脚边。

“拿去吧，你的长生。”

陈小双脸色苍白，脑海往事浮现，神色凄凉，最后，她握紧了匕首。

“鲸十一，我果然没看错你，你太傻了，你什么都不知道，你不知道我为什么求长生，不知道妖怪为什么吃人，不知道化人有怎样的七情六欲，连我在你的背上生火烤鱼，你也不知道。”

陈小双每说一句，匕首就向鲸十一递进一分。

“可你自作什么聪明？你这么做，让我怎么长生？”

“哈哈哈。”这是陈小双从遇见鲸十一起，第一次笑，开怀大笑，“哈哈哈哈。”

眨眼间，她转了匕首，寒芒一闪而过，在她的脖颈间留下了三尺血痕。

她倒下时，海水浸红了她的双眼，她艰难地笑着说：“收回你的金丹吧，做你的妖怪，鲸十一，不许再胡思乱想啦，你要做妖，你要吃人，你要带着我的那份长生活下去。”

陈小双倒下了，鲜血与海沙混淆在一起，朦朦胧胧，如一片夕阳晕开的晚霞。

鲸十一闭上眼睛，莫名想：这就是红尘呀。

十

鲸十一没有死，弥留之际，他见到了一袭白袍，那人拎一玉屏，面目和善，龙王与虾兵蟹将皆恭敬在旁。

白袍说："鲸十一，你生而为妖，未曾食人，更敢舍身为人，大善。我居于紫竹林，有一方池塘，你若是愿随我修行，便化作一尾金鲤吧。"

鲸十一看着不远处已经毫无生机的尸首，木讷地点点头。

鲸十一便随着观音去了，得法号"灵感"，再也没有回鲸族。

如鲸十所说，他去求了一场长生，大鱼化作人，人又化成一尾小鱼，如今他游于一方池塘中，终日俯首听经，再也找不到回去的路。

岁月不居，菡萏摇曳鱼尾掠过，鲸十一听那观音拈着手，讲大乘佛法，讲天庭秘闻，讲通灵的美猴王大闹天宫，生来不死不灭，讲转世的金蝉子西行取经，其肉长生不老。

他不知道自己终有一天也会成为这秘辛的一环。

年复一年，鲸十一只管俯首听经，没有人知道他听进去了什么，又放下了什么——百米大鲸背船南行数千里的故事，背剑的少女，吹海螺的海妖，疲于奔命的三太子，为他取出金丹的龙王。

一切就像是一场浮生大梦。

醒来了，哪有鲸一鲸九鲸十一。

只有一尾金鱼，游于池塘之间。

只是五百年后，有一条金鱼跳出了那小小的池塘，跃入滚滚红尘，从此定居通天河，作恶多端横行无忌，喜食童男童女，自称，灵感大王。

它在等一场命中错过的长生。

贰

众鬼之巅

一 只 鬼 的 自 我 修 养

我是万鬼之王，我站在紫禁之巅，我为祸人间，魔气滔天。

你，怕不怕我？

一

秦九歌问师父："一只鬼的自我修养是什么？"

师父站在梨花树下，说："以早日投胎为荣，以征服三界为耻，小九，你要做一只善良的鬼，五讲四美，构建和谐江湖。"

秦九歌说："师父，您别骗我。我应该成为万鬼之王，站在紫禁之巅，魔气滔天，三界畏惧。我手下有无数马仔，杀到天庭，杀到地府，天下无敌。"

师父摇摇头，说："小九你想多了，首先从名字来看，你也就是个卖唱的。你若是叫秦九皇、秦九王、秦九五至尊，或许还有几分机会。鬼王？别想了。"

秦九歌当然不服，他离开师父，找到李南生，说："南生，我师父不信我，你信不信我？"

李南生说："我信，九哥，从你赢了我那天起，我就觉得吧，咱们一定能登顶紫禁。"

秦九歌拍拍李南生的肩膀，那里有生前破碎的铠甲，腐朽不堪。

他沉声说："好，南生，虽然你生前只是一名小卒，但跟着我，终有一天，你定将以一敌万。"

李南生是秦九歌的第一个朋友。

他曾是军队的一名小卒，从参军那天起，就梦想有一天手持长枪，领百万大军，为主公征战赴死，一声"冲啊！"便成摧城之势，踏遍大江南北。死后，也要骨头镶钻鎏金，流芳百世。

然而两年过去，李南生只能背着铁剑，在百万大军中默默生存，铁马冰河，大风大雨，铁衣被岁月逐渐锈蚀。某一天，天晴日丽，在大将说了一声"冲啊！"后，李南生就死了，骨头被马蹄踏得粉碎。

世上，便又多一只迷茫的鬼。

秦九歌遇见李南生那天，在紫禁之外，十里坟场，无处落脚，秦九歌问他："你为什么呆站在这里？"

李南生眼神恍惚，他说："这座城，我想征服它想了一辈子，可我却连看都没看过，我死了，想来看一看。"

秦九歌看着他身上腐锈的铁甲，颔首说："小伙子，你很有前途，跟我学打架吧，我领你征服这座城，叫所有人都畏惧我们。"

李南生笑，"呵呵，让我卖命，要赢我。"

那一天，紫禁城外杀机冲天，鬼气弥漫，太阳落山的时候，战斗结束了。秦九歌进了城，身后跟着满脸服气的李南生，而李南生的身后，只留下一片沟壑纵横、满目疮痍的土地。

五子棋，三局两胜。

秦九歌胜了。

李南生说："九哥，好棋力，我生前纵横棋坛二十载未尝败绩，你是第一个打败我的人。"

李南生没有告诉秦九歌，他是第一个愿意陪自己下棋的人。他只是跟在秦九歌的后面，成了秦九歌的第一个兄弟。那天黄昏，李南生望着这座雄城与前方清瘦的背影，相信总有一天他会跟着这道身影，站在紫禁城最高的地方，站成一段传说。

二

秦九歌常常望向紫禁之巅，那里有一个黑色身影，他孤傲地伫立在那里，亘古不变。没有任何一只鬼知道他什么时候站了上去，也没有任何一只鬼敢再站上去。

秦九歌说："南生，他站在那里太久了，既无军队，也不修炼。我们即使从街东头砍到街西头，再从西头砍到东头，来来回回砍十八次，他也不会下来。"

秦九歌说："南生，现在我任命你，是我，未来的紫禁城鬼王，秦大人的大将军，以后你只需说一声'冲啊！'，定会有无数马仔为咱们卖命。"

秦九歌说："南生，但是我们现在要从基层做起，不畏强权，农民起义，稳扎稳打。"

“九哥，我们怎么从基层做起？”

“跟我来。”

夜市上，秦九歌站在角落，一个小孩子转头望过来，秦九歌赶忙揉脸清嗓，显出身形，他脸色苍白，桀桀一笑。

小孩子哇一声就哭了。

秦九歌满意地说：“南生，看见了吧，咱们今天让凡人哭，明天就可以让玉帝颤抖，让阎王跪服。”

李南生觉得有点不对，“九哥，人类跟神仙差得好像有点儿远，况且那小孩儿还没到十岁，再说，你好像就仅仅是笑了两声。”

秦九歌义正词严地说：“南生，你不懂，笑，就是一只鬼让人类害怕的技巧。而且小孩、中年、老年，难度升级，还分别有相应的不同笑法。”

“哦？分别该怎么笑？”

“桀桀，桀桀桀，桀桀桀桀。”

两只鬼正在交流经验，一声清脆喊声从旁边传来，“死鬼，吓唬小孩子，你还有脸笑！”

秦九歌回头，正和一个星目剑眉的少女面对面，那少女一袭白裙，唇似火，眼如墨，披三千青丝，拎四尺桃木。

少女杏目圆睁，胸脯起伏，她出手利落，剑穗迎着风，绾了朵剑花，她递剑出去，戳进了秦九歌的胸膛。

秦九歌很疼，呻吟：“啊！”

李南生怒目，他看着少女笑，“桀桀。”

当发现秦九歌并未像长辈口中所说烟消云散时，少女愣住了，紧接着不信邪地抽剑，递剑，戳秦九歌。

秦九歌呻吟：“啊！”

李南生笑，“桀桀桀。”

少女抽剑，递剑，戳秦九歌。

秦九歌呻吟：“啊！”

李南生笑，“桀桀桀桀。”

少女抽出剑再想刺出去的时候，秦九歌一手拉起李南生，一手捂着胸口说：“别他妈笑了，快跑吧。”

那一夜紫禁城灯火通明，人声鼎沸，秦九歌与李南生被林幼撵得从街东头跑到了街西头，又从西头跑到东头，来来回回跑了十八圈。

那一夜林幼的眼睛里闪着光，当她发现手中那柄祖传桃木剑第一次没有杀死一只鬼时，便明白眼前这吊儿郎当的死鬼，怕是她的宿敌。

三

如果说李南生真的能够以一敌万，那么他所佩服的秦九歌也许就能以一敌十万。

可惜林幼的战斗力有一百万那么高。

一百万的意思，就是九个秦九歌，再加上九个李南生，都打不过林幼。

在秦九歌眼中，林幼不幼，她不是一块石头，也不是一滴眼泪，她是一片偌大林海，一望无际，千军万马也碾不碎她。

可在林幼眼中，她自己不过是紫禁城中唯一的阴阳师，只可惜大多鬼都是遵纪守法的好鬼，她的祖祖辈辈，才会一辈子碌碌无为。

她的太爷爷曾登上紫禁之巅，问："恶鬼，你是不是想征服三界？"

鬼王说："不想。"

她的爷爷曾登上紫禁之巅，问："恶鬼，你是不是想征服这座城？"

鬼王说："不想。"

她的父亲曾登上紫禁之巅，问："大哥，其实你就是想踩塌紫禁之巅的对吧？你真坏，干件小坏事还偷偷摸摸的，调皮。"

鬼王说："不是。"

三代人意气风发，正值壮年，奈何城里的鬼魂个个遵纪守法，所以三代连一个鬼也没抓到就含恨而终了。

所以林幼觉得自己很幸运，遇到了秦九歌，这只鬼不遵纪守法，不游手好闲，有鲜明的恐怖分子气息，虽然现在还很弱小，但一只有追求、有梦想的鬼一定成长得很快，也许哪一天，秦九歌就从小混混变成了大魔王，奸淫掳掠，无恶不作。

林幼觉得自己肩负着全世界的和平。

所以林幼找到秦九歌说：“死鬼，你要是再敢半夜吓唬小孩子，我就揍得你灰飞烟灭。”

秦九歌很不服，他瞪着少女，“给我放尊重点，你面前可是未来的鬼王。你，怕不怕我？”

林幼小嘴一嘟，桃木剑一提，秦九歌就拉着李南生跑了。

李南生在路上问：“九哥，不应该是所有人都怕我们吗？我们为什么要跑？”

秦九歌敲了李南生一下，说：“跑不是怕，这是战略性撤退。”

四

秦九歌回去找到师父，“师父，我要成为鬼王了。”

“哦？”

“我手下有一个生前征战南北的大将军，紫禁城最厉害的阴阳师视我为心头大患，我不再默默无闻了。”

“可是小九，你为什么这么想成为鬼王？”

秦九歌仔细想了想，他觉得自己生前默默死去，死后总该轰轰烈烈，于是正色道：“师父，我想让九天十地都记住我，都臣服我，都畏惧我，让所有生灵明白，紫禁鬼王秦九歌，天下无敌。”

师父摇摇头，两鬓苍白如身后梨花，他缓缓说："小九，小九，你有没有想过如果全世界的人都怕你的话，你会不会很寂寞？"

如果所有人都怕你的话，是不是也就代表没有人爱你了。

秦九歌已经没有时间再去思考了，身旁的矮墙翻出来一袭白裙，与一柄桃木剑，林幼大眼睛一瞪，娇声喝道："死鬼，放开那个老爷爷！"

秦九歌嘴角挂起一丝冷笑，不慌不忙，运起精深功力，气定神闲说："启动战略性撤退。"

紫禁城笼上了满城金黄，一条老街上，林幼又抓到了正处于恐怖主义初级阶段的秦九歌，秦九歌一脸无奈，说："林幼，你怎么比我们鬼还神出鬼没？"

"死鬼，这全城只有你一个恐怖分子，我不找你找谁？"

"林幼，你不要再浪费青春了，我可是要成为鬼王的男鬼，日后我可以把你绑起来，拿蘸了辣椒水的鞭子抽你，你怕不怕？"

"死鬼，你做不成鬼王的，你太善良，吓唬小孩子后，还要在半夜送他一串糖葫芦，还偷偷摸摸的，真可爱。"

"林幼，你他妈是不是变态，大半夜的不睡觉还跟着我？"

"死鬼，谁知道你是不是去祸害良家女子。"

"林幼，你说，其实你就是想跟我睡觉吧？"

秦九歌说得漫不经心，但林幼听起来就不一样了，她耳根立即通红，气恼之下，她拔剑刺出，狠狠戳进了秦九歌的胸膛。

秦九歌特别疼，呻吟："啊！"

旁边的李南生特别生气，盯着林幼开始笑，"桀桀桀桀桀。"

五

可惜林幼终究不能一直跟着秦九歌犯罪团伙，毕竟她还要睡觉。酒鬼可以没日没夜地酗酒，赌鬼可以没日没夜地赌钱，但林幼不可以。

也许在梦里，林幼降服了秦九歌。她功力高深，可以让任何一只鬼灰飞烟灭，桃木剑所向披靡，戳谁谁死，连没脸没皮的秦九歌也畏惧了，从此在她的桃木剑下做一个良好青年，领着李南生种树修桥，扶老奶奶过马路，献身于构建美好社会的大工程中。

可惜恰恰相反，秦九歌与李南生这两个畜生一直在狂热地拼杀着，从街东头砍到街西头，足足砍了八十八次。

"冲啊！"

李南生大将军第一次喊出这二字的时候，身边空无一人，只有满脸悲愤的秦九歌说了一句："那他妈就冲吧。"

两个人便与扎堆的小鬼打成了一团。

胜利之后，疲惫的秦九歌睥睨地上呻吟的众鬼，用苦练好久的沧桑声音说："你们，怕不怕我？"

"怕。"

这就是秦九歌团伙的第一批马仔。

岁月循环往复，秦九歌自然是恶名远扬，成了恶鬼眼中的一方魔头。

渐渐地，秦九歌出手越来越少了，每一次战斗，都是李南生站在最前方，他朗声说："小的们，你们可愿为紫禁城鬼王秦大人一战？"

"愿！"

"冲啊！"李南生热血沸腾，一声令下，率领千军万马，踏碎一个又一个恶鬼团伙。鬼气缭绕中，李南生仿佛又回到了生前，那里有铁马冰河，鼓角齐鸣，只是他再也不会默默地死在马蹄之下。

如今他站在军队最前方，他站在紫禁城中，他终将征服这座城。

他说："大将军李南生，愿为紫禁城鬼王一战。"

这样的日子过了很久很久，林幼的白裙子换了又换，她好像做了一场很短的梦——那里有梦想维护世界和平的少女，可少女眼中的恶鬼却渐渐消失了。等林幼醒过来，她越来越难见到鬼鬼祟祟的秦九歌与李南生，偶尔见到时，他们身后浩浩荡荡跟随一众鬼兵，在喧闹的市场中走过。

林幼作为唯一的阴阳师，看着一方人间烟火，一方冷血肃杀，只觉人鬼殊途。

恍如隔世。

秦九歌与林幼擦身而过的时候，说："林幼，我不会再去吓小孩子了。"

林幼看着声势浩大的鬼兵们，脸色有些苍白，但仍不服输地扬起脸，哼了一声说："那当然，死鬼，有我在一天，就绝不允许你为祸人间。"

秦九歌没有停下脚步，走远了，领着浩荡的队伍。

以秦九歌、李南生二鬼为首的犯罪团伙，已经从恐怖主义初级阶段，步入了恐怖主义高级阶段。

六

秦九歌征服了半座紫禁城的时候，他回到那棵梨树下，他说："师父，我快要成功了，不是说说而已，徒弟马上就要成为真正的鬼王了。"

师父说："真正的鬼王，永远是有一处做到了极致，紫禁城的鬼王算不上鬼王，东西南北的，都算不上。"

于是秦九歌问："师父，那真正的鬼王是什么样的？"

"真正的鬼王，无须魔气滔天，无须手下有多少军队。我们死而为鬼，全靠一丝执念活着，或许是惨绝人寰的恐怖，或许是沉积千年的思念，或许是撕心裂肺的痛苦，总之某天心领神会，一朝证道，眨眼称王。"师父说完了，看向秦九歌，又问，"你惨绝人寰吗？"

“差点儿。”

“你撕心裂肺吗？”

“也差点儿。”

“那你有什么能称得上极致？”

“师父，我觉得，我挺帅的。”

秦九歌愤愤地离开了，师父最后的一句话叫他心生怒气。

“小九，其实为师觉得你最大的优点是善良，这也是我收你为徒的原因，没准坚持下去，哪天你就能三花聚顶五气朝元，成为历史上最善良的鬼王，这多好。”

当时秦九歌很想反驳，但面对一直教导他的师父，他终究是心存一丝敬意，没有开口。

路上，他遇见了林幼，她依旧红唇亮眸，楚楚动人，正处于一个女孩最美好的年纪，唯有一柄桃木剑略显寒碜。

这柄桃木剑，已刺不透秦九歌。

秦九歌再也不会启动战略性撤退了。

林幼看着发出悲鸣的桃木剑，恍惚间想起好久以前的一名鬼王，久远到桃木剑刚刚出世，握在她祖先手里，与那鬼王争斗了一辈子。后来祖先死去了，那鬼王也不再作恶，听说种了一株梨树，好像还在与祖先的桃木剑隔着生死岁月作对。

林幼想：是不是祖先那柄桃花剑也拿鬼王无可奈何？可祖先又是做了什么，才让一名鬼王甘心从名利场上黯然退隐，种一株梨树来悼念？

都说人鬼殊途，可打了一辈子的仗，岂不是相伴走了一辈子的路？

秦九歌打断林幼的思绪，说："林幼，你看，这紫禁城所有的鬼，马上都将臣服于我，你不要再追着我了。"

"死鬼，你后面那些，赌鬼、酒鬼、色鬼，都是胆小鬼，他们今天怕你，明天就会怕别人，很有成就感吗？"

"林幼，你不懂，因为你还是个人。"

"死鬼，你也不懂，你就是只笨鬼。"

七

秦九歌终于来到紫禁之巅了。

他手下马仔众多，云集在大殿之下，只有秦九歌飘到了那个黑色身影之前，他突然发现这个黑色身影很弱：以前仰望他的时候，觉得高不可攀，而今站在面前，才发觉与普通的小鬼没有太大的区别。

但是秦九歌还是说："你好，鬼王。"

鬼王的黑色鬼气下是一张中年男人的脸，他摇摇头，声音沙哑，说："你好，我不是鬼王。"

"你若不是鬼王，为什么可以站在紫禁之巅？"

“好多年前，紫禁之巅还没有人，我站上来后，就没有人再上来了。”

“不可以，你撒谎，你一定浴血奋战，力战群鬼，千辛万苦才站到了这个位置。”

“你想多了，我在这里，只为等一个女人。她一定死了，但不知道她是做了鬼，还是投了胎，我就在这里等她，视野开阔，尽收眼底，还不收门票钱。”

“那你不用等了，这里只属于鬼王，而我，秦九歌，就是紫禁城的鬼王。”

“你年纪小，还不懂。”他摇了摇头，说，“你我都不懂做鬼王是什么感觉，不过我知道站在这里是什么感觉——我已经站了太久。我已经知道，鬼要比人寂寞，你决定站在这里后，又会不会寂寞？”

“我不懂寂寞，只知道你站在这里，我眼红，心里也红，那是生前的热血，它们让我来到这里，听你臣服我，畏惧我。今天你若承认害怕了，就从这里下去，我饶你一命。”

“害怕？”中年人笑了笑，他眺望远方喃喃说，“我怎么会怕你？这么多年来，我只怕不能等到她。”

他话音刚落，便起了阵阵阴风，是秦九歌欺身向前，携着磅礴的气势杀向男人。

青烟散尽，万籁俱寂，新一代鬼王秦九歌，登顶紫禁。

八

秦九歌登顶的那个夜晚，斜月高挂，无数鬼兵恭敬地站在大殿之下，瑟瑟发抖，那是大胜的狂喜，也是无言的畏惧。

紫禁之巅上，李南生按捺不住兴奋，他说："九哥，我们成功了。"

良久，秦九歌摇摇头，他回头看了李南生一眼，满是淡漠，如一弯凉月。

李南生立即明白了——李南生不太聪明，他甚至都不明白自己具体要的是什么，但他偏偏能明白秦九歌的意思。

因为从他投身军队的那一天起，秦九歌就是对他说最多话的一个人，是愿意陪他下棋的第一个人。如今李南生明白，棋局散了。

一局棋，只能一个人赢。

所以李南生面对秦九歌的淡漠眼神，默默低下头，说："秦大人，我们成功了。"

秦九歌便笑了。

次日，秦九歌丢下军队，只领着李南生，来到了一株梨花树下。

"师父，我成功了。"

师父头也没抬，煮着茶，说："恭喜。"

"不过师父，我知道，您不怕我，满城之下，只有您一只鬼不怕我，这让弟子很为难，也许会做出一些不太尊老爱幼的事。”

师父煮茶的动作僵了一下，继续说：“不错，小九，你已经有几分鬼王的样子了。”

“那师父，如今，您，怕不怕我？”

师父摇摇头，轻笑一声，说：“小九，为师怕你。”

秦九歌忽然幻化出一柄剑，锋芒毕露，刺透了茶盏，他摇头说：“不对，再说一次，你，怕不怕我？”

梨花树的梨花早就枯萎，只留下沟沟壑壑的树干，一如树下老人的皱纹，师父终于抬起头，他起身看了眼秦九歌，脸上皱纹皱得更紧，良久，才舒展开来。老师父缓缓欠身，拱了拱手。

“秦大人，老朽怕你了。”

秦九歌离开师父后，接着去找的，是林幼。

这是秦九歌第一次主动去找林幼。

在一间老院子中，林幼正在苦练家中传下来的秘法。

“林幼，我做到了，紫禁之巅，万鬼之王，你怕不怕我？”

“死鬼，我什么时候怕过你？”

秦九歌皱起眉，幻化出剑，林幼冷笑一声，桃木剑横在胸前，剑穗迎着风，像初识的那个夜晚。

两人对峙良久后，秦九歌叹口气，收起剑说：“林幼，不要跟我作对了。你熬不过我的，趁早嫁出去吧，别操心我们鬼界的事儿了。”

“我不结婚了，我的职责就是除鬼。我要跟你斗一辈子，年轻斗，老了斗，死了做鬼，我还要跟你抢鬼王的宝座。”

“随你吧，林幼，你太幼稚了，你一辈子也不会战胜我了。”

秦九歌拂袖离去，身后的林幼咬着牙，再也忍不住，坐在了地上，哇一声就哭了。

李南生不明白，为什么鬼还没有笑，林幼反而哭了。

九

鬼的世界里，时间是最无用的概念。

秦九歌站在紫禁之巅上已经很久，他看着城中，大将军李南生每天都在问着：“小的们，你们可愿为紫禁城鬼王秦大人一战？”

待听到齐整统一的“愿”字后，李南生便大手一挥说：“冲啊！”领着浩浩荡荡的军队从街东头操练到街西头，再从西头到东头，日复一日，年复一年。

秦九歌望穿天，看穿地，至今记得，曾经自己说过要成为万鬼之王，站在紫禁之巅，魔气滔天，三界畏惧。

但他不知道自己下一步该怎么走。

时至如今，他似乎只能带领这一众恶鬼，杀向天庭，杀到地府，无论结果如何。

原来成了鬼王之后，反而没有那么自由了。

秦九歌心想：可能在去往天庭的路上，没准儿会遇到别的鬼王，接下来便又是一场大战，输了，灰飞烟灭，赢了，周而复始。

秦九歌心想，最后站在南天门前，他大战四大天王，大战天兵天将，那些天兵手中的长枪充斥仙力，那四大天王的法宝奥妙无穷。

秦九歌心想：我他妈这是怕了吗？

于是他唤来李南生，问：“南生，我们现在有多少兵马？”

“秦大人，我们至今的军队，共计两万有余。”

“天兵天将有多少？”

“听老鬼说，上边的军队是论百万计的。”

妈的，秦九歌撇撇嘴，他第一个念头是，那天庭之上，都是林幼那傻姑娘级别的吗？

念及此，秦九歌不禁笑了出来，如今他已经达到了恐怖主义终极阶段，完成了生命的大圆满，一百个林幼也揍不过他了。

可为什么还会想到她呢？

这么多年，林幼可能结婚了吧，白裙子换成了红裙子，凤冠霞帔，和一个人幸福地生活在一起，收起了桃木剑，忘记了秦九歌与李南生的笑。

可秦九歌又没有时间去思考了，李南生说的一句话，打断了他所有思绪。

“南边有一个鬼王，征服了神州以南，近来就要来到紫禁城了。”

十

春节那天，秦九歌看见了，在遥远的地平线，南方的鬼王，率领百万小鬼，大旗招展，汹涌前来，魔气滔天，黑气汇聚成了一片大潮。

秦九歌才明白，这才叫真正的魔气滔天，他们一定可以杀到天庭，杀到地府。

秦九歌有点觉得自己就像是个卖唱的。

但秦九歌不会退缩，他怎么可能退缩？他是万鬼之王，站在紫禁之巅，东西南北，尽皆诚服，他还要让九天十地，都畏惧他。

大雪纷飞中，他负手而立，沉声说：“我的军队何在？”

良久的死寂后，所有鬼兵不约而同地四散逃走，他们说：“大佬，我更怕他。”

怕你的人，自然也会怕别人。

爱你的人呢？

秦九歌不知道，他站在紫禁之巅，看着南方的鬼王军队已经进城，最后威严地说：“李南生，我命令你，跑。”

身边的李南生咧嘴一笑，他说：“你个大傻瓜，我连他们都不怕，你还以为我真的怕你吗？”

话音刚落，李南生踏出紫禁之巅，立于虚空，他朗声说：“大将军李南生，愿为紫禁城鬼王一战！”

夜空中，李南生揉雪作枪，枪指浪潮，“冲啊！”

李南生冲出去了，一个人。他撞在黑色的浪潮中，雪枪如白骨，魔气四溢，以一敌万。

他从不畏惧，一如生前那个愚蠢莽撞、奔跑最快的小卒，铁甲腐朽，任人践踏。

李南生大笑着，大哭着，他大声喊着：“九哥，跑！”

秦九歌看着李南生的身形在雪花中消散，一言不发，他向前踏了一步，却被一个身影制止。

在军队前，又出现了一个人，这个人年迈佝偻，两鬓斑白，端一盏茶。

师父说：“你们这样不对，你们应该以早日投胎为荣，以征服三界为耻。”

师父说：“你们要做一只善良的鬼，五讲四美，构建和谐江湖。”

师父说：“老朽要揍你们了。”

话落，佝偻的老人喝尽茶，抽出一枝梨花，比月色白，比雪花白，师父冲了上去，散成一抹苍老的白，瓣瓣凋零。

师父最后说：“小九，跑。”

林幼来了，她不知何时，登上了紫禁之巅，太久不见，秦九歌发现她的眼角已经挂上了皱纹。

“你来干什么？拜年吗？”

“死鬼，我要来除鬼。”

“别闹了林幼，你还是启动战略性撤退吧。”

林幼小嘴一嘟，桃木剑一提，唇似火，眼如墨，披三千青丝，一袭白裙在雪中飒飒生风，她眯起眼笑了。

“死鬼，你不懂，我的职责就是除鬼，当年我放过你无数次，这次我不会再放过他们。”

“死鬼，其实我也想吃糖葫芦，以后为我买一串，放在我的坟前。”

“死鬼，跑吧，这座城留不住你，我也留不住你，去征服更多的鬼，去做一只真正的鬼王。”

那一天，整个紫禁城的人都看见了，一袭白裙，从紫禁城最高的大殿纵身一跃，与雪花交相辉映，那女人拎一柄桃木剑，从虚空来，至街道上，她舞了一曲剑，沉默但动人，却没有一个人知道她在为谁而舞，与谁共舞。

只有秦九歌看得见，林幼眨着眼，挂着笑，一如当年唇红齿白的少女，她拼杀在军队中，裙子随风飘动，眨眼间整个人便萎靡倒地，魂魄只出现了一息。她望向紫禁之巅的秦九歌，莞尔一笑，散了，也许是被恶鬼杀得灰飞烟灭，也许是去往阴间接着做起阴差，总之除却最后那一笑，再也不知去了哪里。

秦九歌突然放松了，他觉得自己应该很生气的，但他的确放松下来了，双肩放松，心情放松，什么鬼王，什么千军万马，一点儿也不在乎了。他觉得自己身体里涌现了最强大的力量，这股力量就是真正鬼王的力量，天下都要诚服，神魔都要畏惧，他迈出一步，连虚空都被踏碎了。

可秦九歌好不开心。

他走向千军万马，手一挥，便是鬼哭狼嚎，嘴一张，尽吞无数军队。大旗燃烧，万鬼战悚，南方的鬼王跪在他的身前，五体投地，卑微如蝼蚁。他被秦九歌轻轻一按，便消失在白茫茫的街巷中。

风雪夜，这条街，没有归人。

子时了，一声爆竹响起，继而烟花满城，七彩缤纷的紫禁城中，只留下了一只鬼，他在茫然四顾。

十一

十年，一百年，或许是一千年。

秦九歌记不得了，作为一只真正的鬼王，他老老实实地待在紫禁城内，碌碌无为。

有一天，一个小孩调皮爬上这座紫禁城最高的大殿，他双目有神，问："你是谁？为什么一直站在这里？"

秦九歌没有回头，声音沙哑。

"我是万鬼之王，我站在紫禁之巅，我为祸人间，魔气滔天。你，怕不怕我？"

叁

千古一刀

江　湖　有　新　光

江湖太冷了。

他闭上眼说，我也好冷。

一

拜师后，师父说她的名字太温柔，可江湖容不下温柔，放眼望去，刀剑生死，不会给她长情的机会。从此她改名柳一刀，六岁的年纪握四尺的刀，让山巅除了晨光暮光之外，出现了第三种光。师父问："徒弟，刀光中你看见了什么？"

霜刃倒映着柳眉杏眼，她挑眉笑道："我呀，只看见了一个绝世美人。"

师父哈哈大笑，说："那就对了，四海域内练刀的，最初都只能在刀光中看见自己，照亮自己，可你以后还要下山，山下是红尘，是人海，在那里你会看见更多的人。"

于是姑娘更勤奋地练刀，在碧玉年华便将刀法臻至化境。这一天她呆呆地坐在山巅，刀放在身侧，锋芒毕露。

师父来了，问："刀光中你看见了什么？"

她歪着头，说："好多呢，就像世间万物都是一柄刀，师父，你教我的是什么刀法？"

师父还是哈哈大笑，他将刀插入刀鞘，放在姑娘手中，说："下山吧，你出师了，但很可惜，出师容易，出刀就难了。从此以后，你只能出一次刀。"

她问："为什么？"

这个没有右臂的瘸腿老人登高望去，缓缓说："徒弟，我教你的，使你不用出刀，便能称霸中原那座武林。从此以后，天底下没有你一刀不能解决的事情。可你要想好，为什么出刀。江湖路上我们不能回头，你做什么决定，我绝不怪你，但你要想好。"

于是姑娘就蹦蹦跳跳地下了山，她双目充斥天真好奇，吃着糖葫芦，看行人们唱起行歌，大步迈向理想的中原，她在后面，随人潮前去。其间有人来与姑娘切磋，舞刀弄枪耍剑。她发现师父没有骗自己，她不必出刀，已无人能做对手。

有人说："姑娘，你这么美，这么漂亮，这么厉害，我在你刀法中看见有剑的真谛。你不该练刀的，你应该跟我们学剑，剑是神铁打造，鞘是雕龙画凤，剑袍鲜红，你佩上，就是江湖最美的新娘，何苦练刀呢？黑漆漆一把，何苦。"

姑娘把玩着朴实刀鞘，眼珠转了转，扭头走了。

二

官道上，山贼抢劫一对姐妹花，姑娘欺身向前，刀鞘挥舞，简单利落使山贼们跪在地上讨饶。姐妹花在旁梨花带雨，请姑娘杀了山贼。

她摇头说：“我不会杀他们的，这世上恶人太多，我一柄刀并不够。我来的方向，走二里地，便是衙门。”

山贼们纷纷谄笑说：“姑娘，我们一定会去！我们已幡然悔悟，明白回头是岸，您放心，我们这就去自首。”

姑娘还是摇头，“不，我送你们去。很可惜，你们已经出过刀，刀光中我看见贪婪欺诈与血腥，我不会再相信你们了。你们是不是幡然悔悟，只能去大牢里想，想我今天为什么会不相信你。”

她将山贼们押向衙门后，继续蹦蹦跳跳地向前走，她开始明白师父为什么要让她只出一次刀了，因为她已天下无敌，世间百态，她靠一柄刀就可以做很多决定。可人生不是这样，一步错，步步错，往往一瞬间的决定就代表她将成为什么样的人。

抽刀可以入鞘，但人不能。

她满怀期望地想：自己究竟什么时候才能出刀呢？出刀之后，又是如何？

姑娘更期待中原了，虽然所见之人武功低劣，但中原毕竟是盛名已久。在那里，糖葫芦更甜，是精心熬制的冰糖，最好的山楂；在那里，也更热闹，所有高手聚集在那里，一条街上能找到十来号天下第一。

路上，江南的富商找到她，说：“姑娘，不要去中原了，我看得出你刀法高强，留在我身边吧，保护我，随你金山银山，珍珠美玉。”

姑娘拿刀鞘敲了敲富商的帽子，笑嘻嘻地说：“想什么呢？本姑娘从小就在山上长大。金山银山，谁稀罕呀。”

自诩用枪天下第一的男人找到她，要收她为徒。他倨傲地说：“姑娘，我以这套枪法称第一后，没有人再有资格见识，但你有。做我的徒弟，我便将无双枪法教给你。它便不会失传。”

男人耍了一式，风雪中抖落一树梅花。她歪歪头，刀鞘轻点，空中梅花尽数粉碎。

男人怔住，他失神落魄般回味这一招。

这不可能是刀法，因为里面有更深奥的枪法精髓，可这偏偏是刀法，刀鞘中只能藏刀。

他缓过神来，恭敬道：“高手，请让我看看您的刀，我此生无憾。”

姑娘笑嘻嘻说：“还不够，不过等我出刀那天，你可以来看。”

男人问：“您什么时候出刀？”

姑娘跑远了，雪里飘来她空灵的声音：“不知道呢。”

三

路上，长长的路上，她渐渐明白，名气越大的人出手越少，一成恃才矜贵，没有人配他出手，二成怕马失前蹄，所有人嘲笑讥讽，剩下七成，是敝帚自珍。中原武林人声鼎沸，武功却日渐衰落，大抵是如此。

而自己这一刀，求名还是求利，就要看她倾向哪一成。从此前路漫漫，再也不准回头。

可姑娘好累的，她心想：我自己这么容易满足，有糖葫芦吃就好啦，要什么大名大利，名震江湖。中原也是这样吗？好无聊。

终于在一个斜风细雨的夜晚，她遇见了一个男人，是个书生，穿青衫，温文尔雅。他来到姑娘身边，撑起一把油纸伞，温声说：“姑娘，你冷了。”

姑娘并不冷，她早已寒暑不侵，只不过看见书生温柔的眸子后，她觉得若是为了多看几眼，自己可以冷。

于是姑娘停下了，书生问她叫什么名字，她没有说自己叫柳一刀，六岁之前那个叫柳伊伊的名字从她口中说出，从此和书生执手偕老。江湖遥远，近的是柴米油盐，余生也远，但她再也不用出刀。

书生是有大抱负的人，身虚体弱，偏偏向往仗剑江湖，如今想靠一杆笔将江湖前五百年全部写尽。于是在无数个夜晚，姑娘红袖添香，听他讲五百年前那座喧嚣的江湖。

书生说：“那时候的人们有仙气，无论刀剑，不分派系，人人自成一家，没有人能把任何一种武器臻至化境，这是因为所有人无私袒露绝技，连暗器都使得堂堂正正，各种功法每日精进。可惜后来门派林立，功法不再袒露交流，而是被写在纸上，一脉单传，接着纸也没了，全靠一张嘴，倘若师父猝死，武功就会失传。”

书生放下笔，鄙夷道：“你看如今中原这么喧嚣，不过是外强中干，徒负虚名。”

她好奇问：“那近年来最厉害的人是谁？”

书生说：“那也是很久之前的事情了，四十年前北荒战乱，蛮族入侵。天寒地冻的季节，没有人是久居极地的蛮族对手。大军压境那天有个男人站出来，用刀，刀光闪烁，映着蛮族惊惧神色。那一战男人断臂瘸腿，夕阳下摇摇晃晃离去，没人知道他的名字，疆场上十二名蛮族大将尸首，成为他无言的墓志铭。”

姑娘沉默地研墨，烛火摇曳中，看不清她的表情。

翌年落雨时她走出镇子，十里外就是中原雄城，她站到雨停，接着回去生火做饭。

多年前她好奇问师父，如果她一辈子也不出刀该怎么办。

师父说：“出刀，是要你做一个决定。不出刀，也是决定。如今刀在你手中，出不出刀，已经是你的事情。”

生火时浓烟呛得她眼泪流淌，她添了一根柴，心说：师父哇，徒儿山上也曾想名震江湖，山下却走累了。刀，被我收起来了，可能再也不会出鞘。

或许，我已经出过刀啦。

夜深人静，她温柔看向屋内的书生。

他正在烛火下读陈抟，轻声吟诵。

一片野心，已被白云留住。

四

十年光景匆匆流逝，书生过而立没几年，染上重病，临终时姑娘握着他的手，低眉问："相公，这么多年我没给你生个孩子，你会不会怪我？"

书生脸色苍白，伸手穿过她如瀑黑发，笑说："怎么会呢？十年陪伴已是天赐。我只怪自己没有写完，或许我永远也不想写完。提笔至今我一直在写江湖钩沉，泥沙中的光芒被我如数翻出，却终究无缘见到江湖上有新光，可惜。"

"江湖太冷了。"他闭上眼说，"我也好冷。"

姑娘将他葬在梅花树下，披着麻衫为他守灵，这一守就是月余。当听闻中原再开武林大会时，她终于站起身，回屋翻出一柄漆黑刀鞘，沉默走出镇子。

中原，我终于见到了。她站在雄城下，默默地想，这二十年来我两袖风尘，见过喧嚣，也见过安稳，糖葫芦我都好久不吃啦，可我还是来了。

那天的武林大会，所有江湖子弟将目光放在闯入的中年女人身上，她衣着朴素，眉目安静，昔日的绝世之姿已被眉角皱纹掩盖，小厮问她什么来历，她只是淡淡说：“我是一个寡妇，来参加武林大会。”

小厮不卑不亢说：“江湖不缺寡妇，寡妇和武林盟主和大派掌门都一样，我们不问出处，只问武功，您的牌子，拿好，等到您了，上台比试便是。”

她叹息说：“何必要等？这场大会，这片天下，已没有人是我的对手。”

所有人神色复杂地看向这个自称天下无敌的中年寡妇。这时有几个大派弟子，讥笑道：“笑话！”

她神色平静地走过去，刀鞘挥舞，每人脸上多了一道火红的印子，没有人能躲过。

人群炸开。有人说她的招式像不世出的剑法，有人说分明是巅峰的暗器手法，还有人说怎么可能，在其中竟然看到了自家绝技的神韵。

众口纷纭下渐渐安静，人们看向那柄包罗万象的刀。

此时方才几个弟子的掌门脸上无光，纷纷冷哼一声，欺身向前，一招的工夫，各自脸上多了道红印。

还是没有人躲过。

崭新的、大红的台子，她走上去。一个人站在上面，台下是群雄会聚，却没有人敢再出声，也没有人敢再出手。

人群中有个站得笔直的老人，被多人围绕，颇有威望，他阔步走出来，向台上小他近二十岁的姑娘欠身抱拳，激动地说："您要出刀了？"

姑娘说："是。"

人们为德高望重的老人姿态所惊讶，他们大声询问："前辈，您叫什么名字？"

姑娘腰间佩刀，站在高台上，她环顾四周，朗声说："我有两个名字，一个温柔，一个利落，你们问的是哪个？可惜，我哪个也不会告诉你们。今天我站在这里，本就不是为了求名——要求名，十多年前我便可以名满天下；要求利，金山银山我也能轻易得到。这一天，此时此刻，我只想出刀，你们只需要看刀。"

她素手按刀，低眉说："我……我还没出过刀。师父曾问我在刀光中见到了什么，我说自己，因为我没有敌手。我丈夫临终时说可惜，可惜没有写完，可惜见不到江湖有新光。刀光中究竟能看见什么，江湖怎样才称得上热闹，我不知道，因为我从没有出过刀。"

她继续说："我本以为自己一生都不会出刀，就像师父一样。后来我才知道，五十年前那个靠一柄刀杀退一国的人就是他。那一刀是为黎民百姓，可惜，已成绝响，只留传说。而我今天也要出一刀，这一刀，不为黎民百姓，不求名求利，这一刀我依旧没有对手，抑或整座江湖都是对手。我不担心这一刀是否会沦为回忆，因为从今以后，整座江湖都将成为我的刀。”

她扬起头，目光坚定地说：“我要出刀了，你们看好，这辈子我只出一次刀，纵使十八般武器，看过我这一刀，都将大有裨益。希望你们能记住，能领悟，能将这柄刀传去后世。也希望你们出招前，要慎重，因为锋芒一出，便是你已决定要做一个怎样的人，江湖没有多少后悔的机会。我要出刀了，这一刀，我会慢慢地使，你们看好，一定要看好，一定要。”

她挥去两袖风尘，二十年后的今天，她终于再次抽出刀，刀声呼啸，刀光缭乱，刀不再是刀。

金乌当空，四下寂然。

传说之中永远记载着这一柄刀的绝响，当后世武功心法如雨后春笋出现，比这一刀更快更强时，没有任何人忘记有个女人曾一刀劈开腐朽的中原，开辟了武学昌盛的康庄大道，所有人都在她的刀光中阔步向前。

每个人都有一柄刀，用以劈开夜幕。

是见自己，还是见众生，并不重要。重要的是，你要出刀。

肆

白龙吟往

过刚则断，我则不为瓦全

“来战！！！”

一

前阵子山头有个喽啰，编号九五二七，他急匆匆找到我，说：“大王不好了！不好了！”

我摆摆手，一边让他缓缓再说，一边琢磨这世上还能有什么仇家。

周边妖怪敬我三丈，地盘争斗的事儿，找不上我。莫非是天庭的人？难，观音只管照料着紫竹林，没什么脾气。杨戬？杨戬不太可能，听说这人最近新养了一只萨摩耶，脾气跟着好了不少，再就是太上老君了，可当年出了那档子事，大多也是老死不相往来。

正琢磨着，喽啰已经喘过几口粗气，他眼神慌张，扯着嘶哑的嗓子，喊道：“大王，是那齐天大圣……齐天大圣美猴王，出来了！”

我一愣，随即摆摆手让他退下，起身伸个懒腰的间隙，瞥见了头上悬着的一块匾额，不禁有些失神，上面“心安理得”四个大字早落了灰。映着眼涩，我叹口气，走近拂了拂，又坐回门槛上，点起一杆旱烟抽着。

哦，原来是那猴子。

我吧嗒吧嗒抽着烟，一时有些恍惚。三哥说：“这天底下的妖怪，心不安，背不直，妖力多深也没用，化妖为人成佛，都讲究个心安理得，再想往高处走，身上就得带股势，这势，我只在猴子身上看见过。”

可如今看来，纵使有齐天般的气势，还不是屈于山下五百光景。

三哥啊三哥，你教会我这一只虾精挺直背做人，又有何用？我也不过是居于一方野山，重复给徒子徒孙讲着你那一套说辞。

你给我四个字“心安理得”，我想一想，只感到心里憋屈，也想不通道理了。

二

惊蛰那天，我拎两壶酒下山，往鹰愁涧去，那是一方深潭，四条大河瀑布倒灌于此，一滴不曾外漏。湖底有个茅屋，一个满头杂乱白发的佝偻老人坐在茅屋外，衣着褴褛，双手插进袖子，正双目无神望着潭水，见我来了，才颤颤巍巍站起身，我连忙扶住他，坐在屋外的石桌前。

倒上酒，我看着脸上皱纹满布的驼背老人，不禁心疼道：“你又老了。”

老人摇头笑笑，喝下一大口酒，烧得他龇牙咧嘴，说："老了有什么奇怪的，倒是你这老虾，还能直着背，这不容易。"

我沉默一会儿，才恭敬说："三哥教我的，不敢忘，不能忘。"

三哥摆摆手，把酒满上，问："还疼吗？"

一听这话，我难得激动，压低声音咬牙说："小弟疼，又算得上什么？无非睡不上个好觉罢了，可三哥你呢？那猴子呢？凭什么你们就要落个这般下场？"

老人一愣，随即长叹口气，才说："你知道，当初不是不可以低个头，可那么做，安不了心。"

三哥说完这句话，拍拍衣服，站起来转身走了，佝偻着腰步伐缓慢，垂垂老矣。

我在后面轻声说："三哥，那猴子放出来了。"

驼背老人听话后一顿，没转身，好久只说了一句："嗯。"

三

那天夜里我回到山巅，山下沿途的寨子星火点点，柴垛整齐，鸡鸭入笼，偶尔听到的都是关于大圣归来的夜话。

人口相传之下，三界众生都还记得那头戴凤翅紫金冠的孙大圣威风凛凛，不可一世，能教九天十地都闻风丧胆。可是我这几百年过来，却只记住了那场大战中的一杆枪，与一袭白袍。

那是我的三哥，五百年前，别人也曾尊称他一声西海龙宫三太子。

四

下山买个烧鸡的工夫，正巧遇见了近日盛传的取经一行人。四人一马，除了马上那白净和尚，都是凶神恶煞的模样。

“何方妖怪，挡路了。”猴子烧出了一双火眼金睛，识得我妖怪身份，只是言语间有些无精打采。

我拱手笑笑，在猴子眼中看见我那一嘴泛黄的牙，“孙大圣，老相识了，咱们在兜率宫那打过个照面。”

“哦。”孙悟空收起金箍棒，过会儿，又从猴嘴里蹦出个“哦”字，才问，“他呢？”

一提到三哥，我难免悲从中来，叹口气说：“还能怎么样，戴罪之人，勉强活着。”

三哥的处境，我故意略过没说，猴子和三哥谈不上朋友，叫宿敌更合适些。我自然不想让猴子知道三哥眼下是如何落魄。

念及往事，我邀他去妖寨一叙。

猴子似乎被压怕了，听我这一问，竟然不敢做主，只是扭头去看白净和尚的意思。

唐僧想了想，喊了声佛号，问：“有肉没？”

五

几轮酒喝下来，才知道这几位都是无法无天的主。猴子就不说了，猪头执掌天河天兵，壮汉官拜卷帘大将，盖因犯下大罪才来走这一趟苦旅，我问那醉醺醺的白净和尚你又是何方妖孽，他醉眼蒙眬说也曾骂过如来几句脏话。

说到底，都是一意孤行却难以顺心的可怜人，临了我问猴子：“你头上这狗链子是怎么回事儿？磕碜。”

猴子面无表情道：“再犯错，就疼。”

我识相没接茬，至于有多疼，我心里有数。

这些年来，自己一只弓背虾精坚持挺直腰做人，换来夜不能寐的筋骨疼痛，但疼的，毕竟也只是筋骨。

借着酒劲，我接着跟猴子唠叨：“当年三哥那股势最终也没教我，如今你们如此落魄，更让我心不安理不得。这些话我问过三哥，他没回我，今天遇见你了，你给说说。”

猴子仰头闷一口烈酒，说：“这么说吧，金箍棒千变万化，是遂我心，那杆枪宁折不屈，是如他意，你再回头问问自己那脊梁骨，这么多年为什么不弯回去，兴许就明白了。”

我摇头否认，“大圣，您甭骗我，你没遂心，三哥也未曾如意。当年整个三界，他唯独瞧得上你，你俩约好有一场架要打，你给我说说，你俩没败在对方手下，咋就都输了呢？”

猴子不说话了，喝着闷酒，最后熬不过几个人一齐盯着，才强颜欢笑说："这不年少轻狂犯了点错不是。"

"呸。"

猴子说的是句屁话，我懒得搭理，这厮销生死簿、捣蟠桃园那工夫，灵性最足，也没见有这觉悟。他生来不沾因果，若提一嘴野心，估计也就是那"齐天大圣"的四字空话。

但三哥却截然不同。龙族自古受制于天庭的玉皇大帝，龙王的儿女于成年后须去天庭自行领一根捆龙绳，由玉帝打入龙体，拴住龙筋，若有反叛之心，捆龙绳即可抽筋绞心，生不如死。世人皆知四大龙王风光无限，却不知道生死已教一根绳子拴住了千年。

三哥教我练枪，也是教我做人，他说："教你我这杆不会弯的枪，你别后悔，这路太偏也太直，但好在坦荡，枪一日不断，背一日不弯。你学了我这杆枪，顶天立地，这是身骨，问心无愧，这叫心安。"

人说过刚则断，他说不为瓦全。

可如今三哥被抽了龙筋，活命都难，只得终年弓着背，再直不起腰，也抬不起头了。

六

这几人走那天，有个新进寨子的兔妖女孩鼓起勇气穿过人群，来到白净和尚面前怯怯问：“师傅，听说吃你的肉可以长生不老，是真的吗？人类都知道我们兔子肉香，可人肉是什么味道，我现在还不知道。”

唐僧揉揉女孩两个兔耳朵，喊了声佛号，认真说：“贫僧的肉是草莓味儿的。”

我哭笑不得，向那不正经的和尚撇了块石头，唐僧也不生气，说一声“善哉善哉”便上了马，一行人便就此离去了。

几人没了身影，我才转身坐回门槛上，点起旱烟抽着，琢磨着和尚临走前跟我轻描淡写说的那几句话，烟抽完了，我也驾云赶往三哥那头。

去往湖底茅屋这一路，我只觉一生都未如此悲愤过，唐僧那番话压得我心生怒火，只怪自己悟性不高，学不来三哥的“势”，否则定要重蹈一次他的覆辙。

可是当我将话复述给三哥后，他仅仅是呼出一口浊气，摆手说：“猴子也取经去啦，那就这样吧，我走不了，也不走了。”

我来时积攒的一腔热血，就这么被迫烟消云散了。

我明白这湖底是一方死水，四条大河无数小溪汇聚于此，一滴一滴凝聚，湖水看着晶莹清澈，殊不知整片湖都是天庭的禁制，别人来去自如，唯独三哥离不开这破落茅屋。可我如今既然前来，本就做好了同三哥再度搏杀的准备，怎想得到三哥是这种反应？

他可曾心安理得？

和尚人不错，临走说的是观音曾告诉他，取经人统共有五，最后乃是一匹龙马，前身为一条白龙，今朝戴罪立功，将化作白马行代步之用。

他话未点明，我却知晓话中白马即是三哥。

唐僧这番话，什么意思，我明白。浅一点说是让我给三哥带个话，往深了说是把三哥的命数交给他自己定夺，可谁料三哥老了，背驼了，人也跟着丧气了，要去做马？

与猴子约好的那一战，也忘了？

我气不过，来回踱着步子，最后拿起酒杯狠狠摔碎在地，红着眼睛大吼道："取个屁经！妈的当年要不是如来老儿卑鄙无耻，趁你力竭插上一手，你又怎么会沦落至此？"

七

当年猴子大闹天宫，是有三哥珠玉在前。这两人一个想齐天，一个要自由，曾约定各自了却心愿后便酣战一场，可惜想不到佛家道门竟有一天也会携手抗敌，最终便是一个去了五指山，一个来了鹰愁涧。

最后几天我陪三哥在湖底度过，其间小兔妖分水来信一封，询问春耕一事，我短短交代几句，便任由他们做主。庄稼一年有一耕，人却一期只一会，三太子五百年我见过一次，也就只见过一次了。

小兔妖曾经问过我：“大王，你醉了便念叨你的三哥，你三哥究竟是谁？”

我哈哈大笑，说：“如果你大王的三哥是西海龙宫三太子，你觉得威风不威风？”

意料之中的，小兔妖皱起眉，一脸嫌弃道：“大王别闹了，那鲁莽的败家子，怎么值得让大王这么惦记？”

我只是笑笑，没说那败家子也曾教过你家大王甘愿履行一生的信条，也曾信誓旦旦要为四海龙族拼万万年自由身，也曾领我这喽啰拜访过巍巍天庭。

传说只提到三太子打碎了玉皇大帝的珍贵明珠，却不知那明珠是世上极尽防御之力的法宝，天雷地火，缥缈因果，都拿它无可奈何，故而也是玉皇大帝心口的最后一道保命符。

世人都笑话西海龙宫三太子鲁莽无知，是个纨绔子弟，却不知他也曾由南天门起，一枪八百里，沿途所挡，楼宇倾塌，仙木尽毁，天兵死伤无数，途经太上老君的炼丹炉，那炉子神铁打造，连猴子被困在其中也无可奈何，正被烧得抓耳挠腮，赶上这倒霉炉子挡了三哥的路，被一枪粉碎，干净利落。最后那一枪停在玉皇大帝的胸口，明珠发威，仅挡三息，一息一碎，终是化为乌有。

什么是势，势就是不可挡，一枪八百里，摧枯拉朽，破丹炉，碎明珠，取玉帝性命，可三哥的枪太直，太硬，从不会弯，所以它断了，断在如来佛祖倾尽佛国全力的阻拦之下。

孙悟空大闹天宫被压五百年，群仙解恨怒骂，却一直对三哥三缄其口，不是没有道理。猴子大闹天宫时早已被炼丹炉烧去了七八成功力，于他们眼中只是难降，却不恐怖。

三哥却大不相同，他一击不成，尚有余力，天庭之上如魔神降临，一根捆龙绳，两根捆龙绳，三根四根，都压不住三哥，最终天庭祭出积累下的十万根捆龙绳，乌云蔽日杀向三哥，加上天兵佛陀前赴后继，才将三哥抽了龙筋，压在这鹰愁涧下。

那个为了龙族自由，孤身力抗天庭千万年底蕴的白袍，终是不得不弯腰。

酒喝到一半，有话从湖上传来，语气波澜不惊，说："西海龙宫三太子听好，佛法无边，一饮一啄自有定数，今朝给你戴罪立功的机会，你若是愿化马取经，归来之日不仅还你龙筋，更可立地成佛，愿是不愿？"

我看向驼背的三哥，他摆摆手，说："你先上去。"

我拗不过他，离去时只见他擦擦手，混浊的眼睛唏嘘不已，又双手插进袖子，佝偻的背影只传来一句，"不喝酒了，做马去了。"

八

来到湖边，随空中观音的目光向湖底望去，只看到三哥收拾好石桌石椅，便向茅屋外徐徐走去。

观音皱眉说：“你若愿，便答应，不要乱来，湖底重重禁制，沾之便是身死道消，五百年都过来了，难道你今天想功亏一篑不成？”

湖底驼背老人兀自双手插袖，置若罔闻，走到茅屋空地边缘，没有一丝停步的意思，可就在老人踏出茅屋的第一脚落下时，莲上的观音立即大惊失色，不可置信道：“你……你怎么可能！？”

我有些恍惚，掐指算起日子，一愣。

好一个宜白龙出水的日子。

那一脚踏出，百里鹰愁涧湖水尽皆沸腾，无数禁制霎时粉碎，由湖面起一道大旋涡，卷着亿钧重的湖水向下而去，尽皆消失在三哥脏兮兮的袖子中。

三哥驼背白发，每走一步都颤颤巍巍，却带着一往无前的气势。他双手缓缓从袖中抽出，手中像握着东西，一寸一寸显现，晶莹剔透，都是无数禁制湖水凝练而成，只听他扯着嘶哑嗓子，说：“来一杆枪。”

“教你练一杆枪，是教你做一个人，你这虾精，把背挺直一点，对，再直一点。”

“心不安不必成妖，背不直不须化人，记住了，疼一根筋骨，活一份心安。”

“人人都说过刚则断，我只明白不为瓦全。”

“小弟，与我走一趟天庭。”

故人言谈，历历在目，配着此情此景，仿佛有一袭白袍从岁月长河中回首再来。我望着湖底面容枯槁的老人，他面容古井无波，我却已泪流满面，心中郁结一扫而空，又哭又笑喊道：“三哥！”

仅仅数息工夫，各路神仙齐至，杨戬、哪吒、四大天王这些老面孔一个不缺，接着又走出数名掌管捆龙绳的天将，他们掐手印，轻喝一声：“起！”

霎时间，汇聚于鹰愁涧的所有大河静止不动，紧接着化作一条条黑绳，冲天而起，最粗足有数丈。

这些河流，本就是捆龙绳所化，此时显出原形，更使这一方天地杀机四伏。

捆龙绳显现的同时，天兵天将各自祭出法宝，分明是要扼杀三哥于湖中。

可我岂能如他们所愿？

五百年前我看了一场热闹，心不安理不得，日夜教我心烦，今朝再会又是身临其境，我祭出长枪，暗暗说：三哥，小弟来求心安了。

“何方妖孽！”有名天兵率先发现我，喝问道。

“西海龙宫三太子座下，一名老虾。”我嘿嘿一笑，精铁长枪与湖底那杆枪遥相呼应。

观音皱起眉头，“当初念你没有出手，才饶你一命，如今还要犯错？”

我纵身一跃，提枪杀向天兵天将，大笑道：“就等犯这个错！”

我仗枪杀入人群，只盼望能为三哥多争取到一些时间，可惜自己终是天资有限。我只感觉到妖力消耗极快，天兵又密集如雨，几个来回，我疲于应付，背上传来一阵剧痛，紧接着，有万千法宝席卷而来。

我瘫倒在地，看着湖中仍在突破禁制的老人，苦笑一声。

三哥，咱怕是见不到你那杆枪啦。

我闭上眼，只觉罡风凛冽，正值此时，一声桀骜大喊炸裂在我耳畔。

“谁敢动！！！”

睁眼望去，只看到一根通天的金箍棒在空中抡了个大圆，砸毁了所有法宝，天兵佛陀均后退一步，避其锋芒，面上挂着忌惮神色。

忽然出现在湖面上的猴子双眼冒火，他身上妖气磅礴，战意昂扬，血红的眼睛环顾四方，看到无人敢动后，冷笑一声，转头盯向湖底的白发老叟。

良久，猴子喃喃道：“到底是老了啊。”

天庭这边的观音眉头紧皱，开始念咒，一句咒，猴子头上的金箍便紧一分，几句咒下来，金箍几近将猴子头颅绞碎，他七窍流血，却仍不管不顾地攀升着气势，誓死要守住这潭湖水。

咣！

又是一声巨响撕裂天空，打断了观音的念咒声。我看向声音来源，不禁错愕——打远方走来一行人，发出巨响的，赫然是白净和尚以九环锡杖敲了下地面，霎时土地裂纹竟绵延不见尽头。

和尚喊了一声佛号，嬉皮笑脸道："观音姐姐，金箍是你的，这不假，但徒弟是我的，所以念不念咒，该由贫僧说了算，您看在不在理？"

观音望向那杆九环锡杖，面有难色，遑论身边站着两尊凶神，只好恶声说："唐三藏，今日若真酿下大祸，与你逃不了干系！"

这么一耽误的工夫，湖中情景已是天差地别。

虚空之中，密密麻麻的捆龙绳卷向湖中老人，他满布皱纹的脸上不悲不喜，任由捆龙绳鞭打在身，毫无疼痛神色。

继而，他右手负枪于身后，左手虚握在湖中，无尽的捆龙绳便齐齐发出一声悲鸣，各自缠绕缩小，于老人手中揉成了一股细小黑绳，又隐于背后。

三哥第二句话是："来一根筋。"

三哥仍未停下脚步，在诸天神佛惊惧的眼色中，这个湖底老人每走一步，背挺直一分，每走一步，生黑发一寸。

"身是一杆枪，心是一双手，先学握枪，再学出枪。"

"先问心，再做事，断枪仍可铸，心乱再难安。"

“人活一世，是活一势哪。”

一时间，我脑海中只有三哥的谆谆教导，待回过神来，天地之间早已是落针可闻，唯有三哥一步步向上走来的脚步声。

我坐在地上，嘿嘿傻笑，看着老人面容逐渐化作记忆中的模样，便知道，既然五百年前那杆枪，八百里无人拦下，那么如今这潭湖水，谁来都是螳臂当车。

南天门外，一杆枪递出八百里，鹰愁涧底，一股势深藏五百年。

老叟踏步九十有九，步步皆是墨染白头。

最后站在湖面上的，已经是一个白袍背枪的黑发青年，举手投足间藏着气势。那气可吞山河，那势能摘星月，那一袭白袍，立于虚空飒飒作响，压得群仙诸佛噤若寒蝉，悄悄离去。

三哥先是对白净和尚点头示意一下，继而长吁一口气，最后，终是提枪指向湖面上等待已久、眼睛发红的猴子。

“哪里来的老头子，还拎得动枪？”猴子冷笑道。

三哥绾了朵枪花，又气又笑道：“废话少说！”

“来战！！！”

伍

冬，冬冬儿

我 们 只 怕 孤 独 地 活 着

这柄刀三尺一寸，我用它杀过很多人。若杀人取名，它天下第一。论刻骨揉心，不及它锋利。

一

我叫陈小花，梦想是做一名闻名天下的刀客，并对此很有信心。毕竟我爹是江湖上有名的金笔书生，门下弟子分布大江南北，我娘是江湖上有名的大家闺秀，家族势力遍及庙堂上下，而我是江湖上有名的胖子，废物大名响彻宇宙内外。

我想，这他妈也算是开了个好头。

其实这也没办法，我的确是很想练刀的，可惜一方面生活在书香门第，从小被教育不许打打杀杀，一方面父母将我照顾得很好，心宽体胖，看着就没有一丁点江湖气，再一方面是我懒。

我娘曾对此发表过她的妇人之见：“最后那一方面就是你之所以成为胖子的方方面面。”

我赌气了好几天，连饭都少吃了一顿，在第三天清晨，我站在父亲门口，无比坚决地说：“爹，我要去闯荡江湖！”

我爹是个很开明的书生，开明到了在教出来的弟子成名之后，骂他是“不开化的老头子”，他依旧能笑眯眯接着却不反驳。

再比如，他会很严谨地控制我的饮食搭配，却不控制我的饭量。

再比如，他一边教育着我不许打打杀杀，又一边在我第一次喊出自己的决定后，将家中那柄刀柄镶金佩玉的宝刀郑重地交给了我。

他说："小花，这柄刀，三尺一寸，镶金佩玉，天下最宝贵的东西，你带上，去闯出属于你们的名堂吧。"

娘说："小花，这两柄刀，我也不知道多长，是天下最实用的东西，你要照顾好自己。"

弟弟说："哥，这柄刀，不是很长，跟我长大的东西，你要勤加练习。"

我说："指甲刀就算了吧？"

在弟弟失落的眼神中，我还是于心不忍地将指甲刀带在了身上，挥挥手，就这样腰佩宝刀，心怀梦想，阔步向前。那一天，噙泪的母亲与年迈的父亲，他们与最崇拜我的弟弟站在那里，就此成为我咬牙向前奔跑的所有信仰。

我最后说："放心吧，我会奔跑，会尽力，也会尽快，你们要相信我，天下第一刀客，陈小花。"

日落时分，我的确正在夕阳下奔跑，而冬冬儿就在我身后举着柴刀张牙舞爪地大喊："大家冲啊！不要让那个佩宝刀的小胖子跑啦！"

二

第一次见到冬冬儿时我觉得这应该是个很坚强的女孩子，但没想到这他妈的居然是个过于坚强的女孩子。

傍晚的山脚下，她拦住去路，伸出一只白皙的小手，嘟嘴说：“把刀留下。”

她说：“不是柴刀。”

她说：“也不是菜刀。”

她说：“小胖子，我劝你放尊重点，我要你指甲刀干什么？”

我苦着脸捂住宝刀，说：“女侠，有话好好说，我好歹也是习武之人。”

她打量我一番，好奇道：“那，过过招？”

于是我就被她抓到，一记过肩摔过到了山寨中。

山寨坐落在一座大青山上，人不多，都是些年轻人。听喂鸡的米米说，他们多数都是孤儿，是冬冬儿姐将他们聚集在了一起，坐山称王，时常结伴下山行侠仗义，救济苍生。偶尔也会带回那些不知江湖凶险的孩子，留在山寨改造。

听完后，我陷入了深深的悲哀中，因为我发现竟然分不清自己究竟是属于被打劫的，还是被救济的。

这时米米歪着脑袋问：“小胖哥哥，你是因为什么才被带进来的呀？”

我摆摆手，“以武会友啦。”

米米“哦”一声，回去继续兢兢业业喂米了，这不得不让我产生一种恍惚感——在这个住着一群山贼的寨子中，冬冬儿分配给大家的职业居然都是些什么花匠啊菜农啊的。非但没有一点江湖气，反而充斥着柴米油盐的小家子气。

我在山寨中漫无目的地行走着，其间踩到了一只狗，吓跑了两只猫，一群鸽子妄想在我头上拉屎并且还成功了。一路走来，我见到冬冬儿在寨子大门上坐着，她双腿来回踢踏着，望向远方。我站在门下仰头喊道：“喂，我什么时候才能离开这里啊，大姐？”

“伤好了随时可以走啊！”冬冬儿坐在高大的寨门上，想了想，又问，“不过，你还要不要那把刀了？”

我说：“那他妈本来就是我的啊。”

她说：“可你还不配用呢，等你什么时候配用了，才可以带着它离开这里。”

我问：“怎样才算配用？”

她瞥了我一眼，“你？先减肥吧。”

于是寨子中就这样多了一名光荣的伐木砍柴装修工，瓦匠木匠粉刷匠。我开始终日奔波在山寨与森林之间，勤劳地拥抱大自然，每天和冬冬儿顶嘴打闹，和米米那帮小孩在午后吹牛皮，养狗养猫，报复鸽子，日出迎接生活，日落告别疲倦，好多个瞬间我感觉自己什么都拥有，却又什么都没有。

三

入秋时我开始练刀，米米蹲在旁边，托着下巴，说：“小胖哥哥，你用起刀来，还没有劈柴的时候帅。”

我装模作样耍了一招，说：“你懂什么啊，还有，不许再叫我小胖了。”

米米做了个鬼脸，提出了一个让我震耳欲聋的问题，“那你说，小花和胖子哪个更适合形容你？”

我一时间不免有些怅然若失，这女孩说话太虎了，一点也没照顾到别人脆弱的内心。

这时冬冬儿出现了，她看了眼我手中的刀，满意地点点头，老气横秋地说：“加油练吧，当年的女刀神，就是靠一遍遍练出刀，才创出了包罗万象的刀法。”

那位女刀神我听说过，只一刀便劈开当时武林的夜幕，为后世武学开辟了一条康庄大道。世人至今还在向往她那惊艳的一刀，从而叫“先问心再问刀”的说法流传至今。

我问：“就这么练，真的会成为高手吗？”

冬冬儿拍着胸脯，信誓旦旦地说：“当然了！不过……”

我问：“不过什么？”

她说：“不过我的屋顶昨天漏雨啦，你快去给我补上。”

我骂骂咧咧起身，跟她向家里走去，望着前面这个每天朝气蓬勃的小女孩，心下有些复杂。

此时的我已经知道，纵使刀法如何高深，在江湖上也只能称二流。一流的只有剑，软剑、袖剑、龙泉宝剑，棠溪鸦九、白虹流采，佩剑行走江湖的，皮囊扮相都有那么点出尘气；刀则不然，多是五大三粗的汉子，除了正儿八经的刀，更多的是朴刀、柴刀，像是从农村刚出来闯荡江湖的雏。这样粗犷惯了，便入不了站在江湖顶点那一撮人的眼睛。

所以要闻名江湖，最好是练剑。

可是明白了这一点，我为什么还选择留在这里呢？我大可以走出山寨，重新佩一柄剑，从头再来。

我想，也许只是因为舍不得将那把宝刀留在这里吧，也或许，是因为其他一些说不清道不明的事情。

帮冬冬儿补完房顶后，夜幕已经降临了，补房顶时我就在想，这个女孩很奇怪，打架时力气很大，做家务时力气很小，自己打架时话不多，看别人干活时却在旁边唠叨个没完。我出身书香门第，博览群书却没想过怎么会有比我还会偷懒的人。秉着不耻下问的良好传统，补房顶时我将这个疑问问出口，直到干完活脸上通红的巴掌印还在。

吃过晚饭，我们散步到山腰草地，在清冷月光下席地而坐，我又开始不耻下问道：“冬冬，你为什么叫这个名字啊？”

她纠正说：“是冬冬儿，不是冬冬，我这个带儿化音的。”

我说：“好难念，有区别吗？”

她认真说：“一声‘咚’，是敲门声，一声‘咚儿’，是水滴声。”

我也学她义正词严道：“我陈小花自幼博览群书，劝你他妈的不要开玩笑逗我。”

她眉眼笑成了月牙，回忆说：“当然没有了！我小时候最喜欢干的事，就是听爹爹忘带钥匙后，敲门时的咚咚声响起。那时我总会假装家里没人，等爹爹急了再去给他开门。我还喜欢听娘洗衣服时的声音，洗过了，衣服滴下水，在木桶里，在地上，咚儿，咚儿，我在树荫下听着，傻乎乎的，一下午就那么过去啦。”

我笑说：“好幼稚啊，怎么可以这样取名字？”

她也笑着，“怀念嘛。”

她又说：“爹娘他们都去世了，我好想他们。”

我沉默下来。山间吹起凉风，她抱膝坐在草地上，在月亮下轻轻哼着儿歌：“拉大锯，扯大锯，姥姥家里唱大戏，接姑娘，请女婿，就是不带冬冬儿去……”

我在一旁很认真地念起她的名字：“冬，冬，儿……冬冬，儿……”

风徐徐吹着，她没有说话。

我深呼吸，不再那样咬文嚼字地说：“冬冬儿……”

她轻声说：“嗯，对啦。”

我拉过她的手。

四

那天的结局是，我被冬冬儿一个反手摔成傻瓜，从山腰滚到山脚，完美诠释了什么才叫一个圆润的胖子。

米米每天端药来都带着佩服的目光说：“小胖哥哥，你好厉害，我第一次看见原来胖子可以滚得那么快。”

我说：“承让承让，都是以武会友嘛。”

冬冬儿自从那天之后就很少过来，听米米说她很累了，也在休养，因为是她一路将我背到屋子里的。米米眼中的愤恨让我一度觉得自己才是个罪人，我应该在山腰滚到山脚之后，再若无其事地拍拍身子自己哼着歌溜达回家。

抱着懊悔的心情我写下一封信，请米米交给冬冬儿，信上是这么写的：致冬冬儿姑娘，见字如面，近日来，在下一直在懊悔中度过，尤其每每想起自己无心的轻薄之举，便是夜不能寐。今日斗胆提笔，便是想冒昧问一句：你是不是不会承认你原谅我了？

信送出去后我沾沾自喜，书香门第嘛，无论她回答是与不是，都代表原谅我了。过去不到两炷香的工夫，我还沉浸在对自己才华的佩服之中，米米已经带着封回信回来了。

我胸有成竹打开一看，上面只写了一个如脸一般大的字：滚。

我合上信，啧啧称叹：“妙啊。”

以后的日子里，我一直在给冬冬儿寄信，谈人生，谈历史，谈论我朝制度对江湖的罪与罚，谈志怪小说中男女之情的惊世与婉转。我一个人在院子中安心养伤，在温暖的屋子里翻来覆去，我挥洒笔墨，嘿嘿傻笑，虽然住在数十米外的冬冬儿一直没有回信。

伤快好时，米米忧心忡忡地问我："小胖哥哥，你每天都在给冬冬儿姐写什么呢？"

我牛气哄哄地说："探讨武学啊，比补房顶、劈柴火更重要的事儿啦。"

米米呼出一口气，说："这样啊。好希望小胖哥哥真是一个绝世高手呀，这样我们就不会像现在这样被朝廷围剿啦。"

我一愣，一瘸一拐地冲出屋子，冲出院子，才发觉曾经热热闹闹的山寨变得有些严肃，来往的少年们脸上都挂着凝重与疲惫。

我转头问米米："这才多少天啊，寨子怎么变化这么大了？朝廷又是怎么回事？"

米米委屈地说："我也不清楚现在具体什么情况，大人们都不跟我说的。"

我拍拍她的头，转而快步去冬冬儿的房子，推开门，看见她束着发，皱着眉，在简陋的沙盘上胡乱摆着。她抬头见了我，眉头才略微舒展，说："你伤好了？"

我点点头，问："寨子怎么了？"

她撇撇嘴，"还能怎么，我们是土匪呀，早晚要被围剿的，本来这两天就准备跟你说的，下山吧，不要再留在这里啦。"

她不等我表态，从桌上拿起我那柄宝刀，递给了我。

我拿过刀，气急败坏摔在桌上，“我去哪里？这里那么多房子，都是我装修的，大黑中黑小黑老黑，还有那群王八蛋鸽子，都是我后来自己养的。你叫我去哪儿？”

我说：“你放心，我爹是金笔书生，我娘朝廷有人，你等我……”

冬冬儿打断我的话，幽幽地说：“是谁又怎样？我以前不知道，如今来不及，纵使来得及，我们也是实实在在打过劫的土匪呀，在人间的法律中，我们逃不脱这个罪名的。”

她一页页拿起桌上的纸，边看边说：“陈小花，你写的东西都好有意思，不要混江湖了，回家去考个功名吧。跟我们这些土匪混在一起，没有好下场的。”

我被噎得哑口无言，良久才痛心疾首道：“冬冬儿，你他妈一个当土匪的，政治观念要不要这么正直？”

冬冬儿笑出声来，她靠在椅子上，伸了个大大的懒腰，望着天花板，眼中闪着憧憬的光芒，“可惜啦，才种的花，来不及等它们盛放了。”

山下传来部队压阵的声音，冬冬儿披起甲胄，提刀出门，一束火箭掠过天空，照亮这个年纪不大却是非分明的土匪少女的脸庞。她大摇大摆地挥着刀号令群匪，最后一次在寨门前留下她张牙舞爪的身影。

我忽然明白了父亲的教诲。

他最重传统，却任由门下弟子反过来诋毁他。

他教我最健康的饮食搭配，却不管我每顿要吃多少。

他告诫我不要在世上打打杀杀，却又任由我出门闯荡江湖。

原来最重要的道理他早已告诉我。

一个人，无论是选择幸福安稳，还是选择征战天下，其穷尽一生在做的事情，都不过是在一个既定的大规则下，自认为在肆无忌惮地生活。

是吗？

五

火箭漫天飞舞，点燃木屋，如潮的军队冲上来，难舍难分。我站在人潮外，看最中间的女孩哈哈大笑，她的武功是那样高，像只骄傲的浴血凤凰，就是她在我前脚刚迈入江湖时，后脚就让我领略了江湖险恶，也是她带我领略江湖，在特别小家子气的山寨中，跟一大家子人生活了好久好久。

我转过头，还看到我喂养的大黑，身上遍布烧伤与箭伤。它趴在地上不停哀嚎，那里有它已经失去呼吸的儿子小黑。它拿鼻子拱啊拱，小黑不说话，它扬起头嚎啊嚎，没有狗回答，终于它叼起小黑，步履蹒跚地离开了这里。一只洁白的鸽子摔落在我身边，我捧起它，认出是那个总故意向我身上轰炸大便的王八蛋，它在我手中费力地展开羽翼，终是垂下了头。

我抬起头，看见成群的白鸽在硝烟中飞散，我低下头，放下鸽子，拿起宝刀，冲入战场。

我从没有像这一刻希望自己是一个英雄，可以靠一柄刀劈开世间所有黑暗。我笨拙又费力地劈砍着，离冬冬儿越来越近，我还以为是自己顿悟神功，登峰造极，没多久才发现原来是山寨众人节节败退，最终退回了寨中，拉上了大门。

寨中尸体横陈，冬冬儿来到我身边，疲惫地喘着气抱怨，“你怎么还留在这里？快下山，我们已经准备撤离了。”

负伤的少年，恐惧的少女聚集过来，牵着马，提着行李，躲避着空中的羽箭，一切都显得特别糟糕。

攻门的声音一直在继续，如果要逃，他们也只能向未知又神秘的后山逃去。

我悲观地说：“冬冬儿，逃不掉的，咱们的马和军马不一样，只会死更多人。”

结果冬冬儿环顾场内，转过头骄傲地笑道：“我把我们聚在一起，从来就没怕过死去。”

她说：“我们只怕孤独地生活。”

我还想说些什么，比如逃亡途中怎么办，路上怎么办，她却忽然抱上我转过身，我心想难道冬冬儿根本是早就原谅我了？不仅没生我气，还一直暗恋我，值此生死关头，掩饰不住自己少女的内心，要跟我现场表个白什么的？

结果伴着寨民的惊呼声，我余光中看到一支羽箭在她的后心炸开了血花。

她嘴角流下鲜血，看着我的眼神渐渐黯淡。

米米大哭，寨民扑来，我手足无措地将羽箭拔下，捂住伤口。

寨门也被狠狠撞开，冷酷的士兵们对峙着，万幸的是，为首将领认出我手中的宝刀，大喊：“无耻贼女，竟然还有人质，快放开陈家的胖公子！”

妈的，我明明不胖了啊，王八蛋。

冬冬儿抱着我，有气无力地笑，不知道是笑将领误会了，还是笑我怎么又被人说成胖子。我总感觉她好像还想说些什么的，却轻轻闭上了眼睛，我看着她脸上残留的笑容，总是好想哭。

眼神示意一个少年用刀顶住我后，我举起持刀持箭的双手，说：“大人，他们的寨主已经死了，他们要拿我换他们一命……我没关系的，我爹我娘虽然特别爱我，但作为天下闻名的人物，他们不会怪罪于你的！”

少年的刀有些颤抖，说：“小胖哥哥，我肯定不会杀了你的啊。”

我轻声说：“冬冬儿就是这样，什么也不教你们，以后要学一学江湖上别的道理，你看我教的米米，就已经懂啦。”

米米在一旁低声哭着问我：“小胖哥哥，你不跟我们一起走吗？”

我摸着她的头，说："米米，我跟你们走，你们永远也逃不掉的，快逃吧，一直逃，以后隐姓埋名，不要再被抓到啦。"

大将见到毫无声息的冬冬儿后，缓缓点头，士兵退下。寨民们将冬冬儿的尸体抱上马，在硝烟中落魄逃走。我目送他们消失在后山的层层林海中后，无力地跪在地上。

回去的路上大将夸我，士兵敬我，他们都说我是深入敌军斩杀大将的英雄，谁也不会再说我是大名鼎鼎的废物了。

在称赞声中，我总是不由自主恍惚地想：冬冬儿还没告诉我，她到底有没有原谅我呀。

六

我回到了家中，父母都没什么变化，院子里还是充斥着书香气。他们对我这一趟江湖不闻不问，就像这只不过是很平凡的一次旅行，只有弟弟很羡慕。他开始像我曾经一样，向往着神秘的江湖。我却开始变得老实，昔日的狐朋狗友过来找我去花天酒地，被我一一婉拒。

他们纷纷纳闷地说："陈小花，你出去一趟怎么跟出家了一样？"

我摆摆手，做唏嘘状，"不行啊，我要开始减肥啦。"

他们开玩笑说："花哥，减肥可不要把脑子减没了啊。"

这帮浑蛋。我不理他们，在院子中潜心读书，把曾经给冬冬儿写过却未完的，想写却来不及的，一一写下。这些文章书籍流落出去，有的成为名盛一时的作品，有的沦为大街小巷的笑料，我充耳不闻，不管不顾地写啊写，假装冬冬儿还住在离我数十米远的地方。

在每个清晨与傍晚我会出去奔跑，街边的树，山脚的草，与官道的尘嚣从身边一一掠过，绑在自己身上的沙袋越来越轻，心上的枷锁却越来越紧。娘亲说我变了，再也不是那个懒得要死的小胖子了。那时我正在院子里做木工，手里在雕一个姑娘，面容还有些模糊，娘亲在旁看了看说这个姑娘呀，平日里一定是疯疯的。风吹过，我只是笑笑。

夜幕降临时我开始一遍遍出刀，名家的，民间的，奇怪的刀谱被我一页页挑灯夜读，有一次在月光下我从刀刃中看见自己的倒影——已然是棱角分明的少年。

就是这一年我告别家乡，只身踏入江湖。

临走时，爹问我这次想去做什么。

我说不变啊，天下第一刀客嘛。

于是我开始行走江湖，见过喧嚣也见过险恶，我凭着一把刀挑战各大门派，无一败绩，渐渐地开始有人来挑战或刺杀我。我抛弃刀鞘，一柄刀别在腰间，过着随时拼命的生活。

登少林时，方丈问我："陈施主啊，你这样挑战天下群雄，心

里一定是装着一个问题的，这个答案，是求名还是求利？”

我沉默许久，发现自己只不过是在完成当年幼稚的承诺罢了，于是说：“没有问题，故而无求。”

方丈看着我连刀鞘都没有的模样，哈哈一笑说：“好一个浪人。”

是啊。我想，好一个流浪的人。

下山途中我摇头在笑。

其实我心里的确是有一个问题的。

那个月明星稀的夜晚，我曾莽撞地牵起一个女孩的手，她很生气地将我摔下山坡。

这些年过去了，她早已中箭身亡，不知埋骨何方。

那么，她，究竟，有没有原谅我啊？

我喝着酒，摇摇晃晃。

我佩着刀，摇摇晃晃。

在江湖上我风风光光。

在回忆中我迷迷茫茫。

七

转眼再有几年就三十了，江湖上传有我的威名，他们都知道有一个男人很潦倒，佩好刀，举世无敌，陈小花的大名响彻武林，再没有人将我与当年那个名门废物联系到一起。

我想，爹，娘，儿子终于光宗耀祖啦。

后来爹娘特别关心地传我密信：儿子，你又瘦了。娘从城头的通缉令上发现的，多吃点，别舍不得花钱，不行让你爹找人假借悬赏的名义，给你打点生活费。

我弟也特别关心地传我密信：哥，你知道吗，你的通缉令摆在最显眼的位置，比强奸犯还要高，哥，你光宗耀祖啦。

我悲哀地想：这他妈就是我宿命一般的前半生啊。既没开好一个头，也没结好一个尾。唯独曾经有一个女孩儿拦住我，要我把刀留下，结果却将我最美好的所有记忆都留在了那座山寨之中。

冬冬儿，我想你了。

于是我进了山，翻过这座越过那座，妄想再找到记忆中的那一座。后来在山村乡镇的酒馆落脚时常常听闻，说那个天下第一刀客归隐了，引得好多年轻人进山寻找，只为了拿到刀客腰中那柄绝世好刀。

每闻此事时我都是笑笑，腰间这把刀经过多年的战斗洗礼，早没了它当年奢华的外表，金飞玉碎，只剩朴实的刀把与漆黑的刀身。

于天下来评价，它是刀神传承，兵中瑰宝，可我来评价呢？我抚摸着它，喝下一碗又一碗浊酒。

这柄刀三尺一寸，我用它杀过很多人。若杀人取名，它天下第一。论刻骨揉心，不及它锋利。

再起程又是一年秋，外面的刀客换了一茬又一茬。朝廷忙着国家，江湖忙着打架，而我就在苍松翠柏之中走啊走啊，不分东西南北，喜欢夕阳就向着夕阳的方向，有水声就向着水声的方向。

有一天我翻过一座山包，看见群峰环绕的低处，有一座山寨，几不设防，那边是林子，那边是小河，那边种花草，那边种瓜果。我情不自禁走过去，看见一个年轻的女孩在河边大喊大叫地抓鱼，我想这闺女脑袋是不是有问题，鱼不早让她吓跑了吗？这得是从小跟什么人学的才能这么虎。

于是我走近看清她的模样，说："米米，原来是你。"

米米扑到我的身上，又哭又笑地说："小胖哥哥，你回来了！"

我抱住她，说："是。"

我说："你看，我早就不胖啦。"

我说："你们这小日子过得挺红火啊，依山傍水的。"

我说："她呢？"

米米神色黯淡，她领我向前走去。路上她说这是当年那些人逃了好久，才找到的新的安家之所。多年来他们在这里生活，自给自足，偶尔下山，多年经营下来，这里俨然成了一处世外桃源。

在米米的唠叨声中，我们穿过寨子，穿过树林，在后山平缓的山坡上，米米停下了脚步。

我远远看去，在刚萌发新绿的草地上，有一个女孩，她穿着洗得发白的麻衫，呆呆坐在阳光下，一动不动，身前还摆着一些水果。

我说："现在的坟包都流行做成真人雕像吗？"

米米说："讨厌，人家哪里死了，天天跟冬冬儿姐顶嘴，还没完了吗？"

我压抑着激动的心情走过去，在冬冬儿身边坐下，我不说话，她也不说话，在一起坐了好久之后，我才打破沉默说道："冬冬儿，我减肥成功啦。"

我说："冬冬儿，我走了这么久，就是想问你，当年我牵你手，你那么生气，我是真的挺懊悔的。那天之后，乃至现在，你说，你有没有原谅我啊？"

我说："你知道吗，这个问题我一直没有机会问你，但今天问你，我却明白自己早就有答案了。我管你生气不生气呀冬冬儿，反正我喜欢你。"

我说："我明白了，你是想让我感受这久别重逢的平静对吗？你肯定不是故意要让我这么尴尬的。"

结果米米在身后徐徐说："冬冬儿姐受了那么重的伤，被救好后就失忆了，再也听不见别人说话，自己也不会说话。郎中说，是陷入了没有意识的状态，只会凭着本能生活。"

我沉默，接着说："调皮，你为什么不早说？白煽情了。"

我指着发呆的冬冬儿说："米米你看，郎中说得挺对的——靠本能生活，对吧。你冬冬儿姐天天就他妈会使唤人，然后自己什么也不干。你看她现在这个状态，就很完美地阐述了这个女魔头当年无耻的生活习惯。”

米米在旁边坐下来，望着远方轻轻地说：“你说话小心点啦，冬冬儿姐一定会听到的。”

八

那天起，我便在这个安静的山寨中定居下来，过上了一个伐木砍柴装修工，瓦匠木匠粉刷匠的生活，成为一名老老实实的大叔。开始时总会有小孩问我为什么佩一把没有鞘的刀，是不是以前混过江湖的。我只是摇头不解释，假装自己是个潦倒的中年刀客。

偶尔我会去催米米相亲，我说她这么大的姑娘了，迟早要嫁人的。她开始嘻嘻哈哈的，说自己是个注定没有爱情的人，结果到后来再问她已经变得扭扭捏捏了。看着她终于恢复了一点当年小女孩的青涩，我不禁慨叹唏嘘。

爱情不会不来的，它只不过是迟到。

从山脚走很久是一座镇子，我偶尔会来这边买些零食之类的东西，顺带着寄信收信。每一天闲下来，我都在期待着忽然有一名神医驾临这个穷乡僻壤之地，左手提药箱，右手握银针，三花聚顶五气朝元，一个回合下来便能将我的冬冬儿治好，然后她醒来，还是像以前那样，跟我斗嘴，偶尔揍我，一整天都是在嘻嘻哈哈。

我想，到时候我千万得让着她点儿。

某一天下山给父母寄信，信是我犹豫良久才写下的，在信里我诚恳地说：爹，娘，儿子要成亲了，她叫冬冬儿，这个名字挺难读的，只可意会不可言传，反正您二老知道我结婚就得啦。

父母回信：姑娘人怎么样啊？儿子你从小就打不过女孩儿，可不要天天被人欺负啊。

那天我拿着父母的回信，看了看身边依然沉默的冬冬儿，写信说：放心吧，她老文静了。

那些张牙舞爪的日子都过去了，我怀念，但更珍惜现在。多年来我手下鲜血无数，不信神佛，但倘若真的存在，谢谢您赠我们以重逢。

在一个清晨我把衣服洗过后，晾起来，坐到早早起床正日常发呆的冬冬儿身边，开始向她虚心学习如何浪费生命。

于是清晨过去，上午过去，太阳越升越高，人们也开始回家午休，只有我和冬冬儿仍旧坐在草地上，一直在听那些湿衣服上的水滴落在草地上、石头上的声音。

滴滴答答，叮叮咚咚。

我忽然想起身边女孩儿曾在夜晚的山腰上，给我轻声讲过一个很久之前的故事，故事里的女孩名字好奇怪，我笑了声，转过头，想再讲给她听那个名字与那首儿歌，此时才发现她望着那些晾晒的湿衣服，眼睛像被洗过一样明亮。

她转过头，看着我，朱唇轻启，有些生疏，但听得清楚。

她轻声说："冬冬儿。"

我忽然好想哭。

阳光下，我伸出手，想去抚摸她的脸庞，却又害怕是我的幻象，无处安放。

冬冬儿笑着说："傻瓜。"

她牵起我的手。

我们不说话，在草长莺飞的春天里，开始漫无目的地散步。走啊走啊，视线尽头似乎模模糊糊出现了一处村庄，像是另一座古老的山寨。

那边人声喧嚣，烟火袅袅，孩子们绕着寨子打闹，我们在岁月的这边浅笑。

陆

魔道往事

一　条　属　于　我　们　的　江　湖　路

她杏目圆睁，嘟着小嘴，娇声斥道：“呔！你这个道貌岸然的伪君子，拿命来！”

一

陈一茶始终坚信自己会成为江湖中最大的一尾锦鲤，届时江湖儿女们奉他为神，每天绕着他转，说这样就能一生平安，梦想成真，考试不挂科。想想就美。

所以陈一茶终日跟师父练剑，他劈柴时练，做饭时练，打扫时练，终于有一天他顿悟了，心想：我他妈这是跟师父练剑呢，还是给他做保姆呢?

他去找师父理论，刚问完，师父老脸一红说：“哈哈哈哈哈你悟了，快去闯荡江湖吧，带着我的女儿一起。”

二

清晨的官路上，陈一茶语重心长地说：“小花，江湖路远，就到这里吧，别送了，你松开我。”

他说：“真的，什么狗屁娃娃亲，都是他酒后胡诌的。”

他还说：“这样吧，遇到了危险你就跑，跑回家，你放心，我一个人可以的。”

“我不会跑的，”张小花红着脸说，“嫁鸡随鸡，嫁茶随茶啦。”

陈一茶抚额，心想这个女孩儿太傻了吧，为什么这么轻易就要和他相许生死。

陈一茶还想，小花这个性子，怕是永远也不会跑哦，这可怎么办，江湖那么危险，人心那么险恶。

三

很可惜，两人一路走来，所见皆是文明友爱，鸟语花香，一片盛世景象。

师父口中的太极八卦武当派，十八铜人少林寺，气宗剑宗华山派，一个也没见到。

陈一茶叹气道：“小花你知道吗，我这样的奇男子，就该仗剑江湖，除魔卫道，可这个江湖未免和平得有点过分了，你懂不懂我的心情？”

小花问：“和平又有什么不好呀？”

“所以你不懂，小花。小时候不想练剑时，师父总会老泪纵横地说：‘阿茶啊，你是为师唯一的弟子，你不要放弃，你要勤学苦练，你要坚持坚持再坚持。可如今，我的剑找不到对手了。’”

小花认真地说：“阿茶，我爹的意思是让你坚持给他交学费啦，毕竟天下太平，哪还有第二个你这样的傻子来学剑。”

四

呸。这话陈一茶怎么能信呢？他不但不信，还不甘心，他说：“我交了那么多的学费，我练了那么多年的剑，一定是有个大魔王等我去消灭的，这江湖不该是这样。”

张小花问：“可是阿茶，大魔王究竟该是什么样子的？”

陈一茶肯定地说：“无端无故给人带来痛苦的，就是大魔王。”

张小花若有所思，接着伸出拳头，狠狠敲了下陈一茶的脑袋。

陈一茶捂住脑袋说：“好痛诶，你发什么神经？”

张小花说：“喂，阿茶，我现在是大魔王啦。你快打败我，我们就回家好不好？”

五

陈一茶揉着脑袋，抱怨说：“你好傻，大魔王怎么可能称呼自己是大魔王呢？他们都管正派人士叫伪君子，这样就能表示他们才是正义的。”

张小花听了陷入沉思，紧接着灵机一动。她忽然恶狠狠咬着牙说：“呔！你这道貌岸然的伪君子，拿命来！”

接着，她又粗声说：“呔！你这道貌岸然的伪君子，拿命来！”

她妩媚地说：“呔！你这道貌岸然的伪君子，拿命来！”

……

山坡上，这个女孩子站起身，迎着风，三千青丝迎风飘荡，在绿茵茵的草地上，她一次次拿捏腔调语气，演绎着大魔王的角色。

“阿茶，我现在是不是就是大魔王了呀？”

陈一茶无奈地说：“小花，你就是个大笨蛋。”

张小花跺跺脚，气得下山去了。

“阿茶，你才是大笨蛋。”

六

陈一茶觉得张小花不是走了，应该是跑了，否则他找了那么久，那么远，怎么会没有找到？

陈一茶想，她明明说肯定不会跑的，怎么就跑了呢？到底是有多生气啊？

他还想，果然，这就是我的宿命，英雄都是孤独的。

可是这个代价好大啊，他忽然觉得自己眼睛有些发涩。

陈一茶回到了小山坡，这是他们最后见面的地方。

她还会回来吗？陈一茶不敢深想，他只是一天天在这里等着，身后的宝剑被他拿来劈柴砍木，在小山坡上建起了一座小木屋。

陈一茶坐在门口托着下巴发呆。小花，你说你喜欢木屋，小黄花，大大的床，你还说……喜欢我呢。

现在我和它们都在这里啦，你回来好不好？

七

入冬后不久，飞来了一只信鸽，信上是张小花的笔迹，她说：阿茶，我终于找到江湖啦，现在我可是华山派的女弟子，师父们的武功都好高，只不过他们早就不闯荡江湖了，大家现在都做生意，混官场，你知道咱们为什么找不到华山派吗？我们华山派早改叫华山商业集团啦。

张小花还说：阿茶，你快来江湖找我吧，这里不就是你的梦想吗？你来了，我教你赚钱、演讲、二元一次方程。

陈一茶看完后，撕毁信，还把鸽子给烤了吃掉，他一边吃一边骂，说都是骗人的，这才不是我要的江湖。

他想：小花，你分明知道的，江湖应该是儿女情长，快意恩仇，虽然我没有钱，但我有剑，我陈一茶不是商人，我是剑客。

张小花，你这个叛徒。

陈一茶填饱肚子后，接着在小木屋过活，他没有去华山商业集团报到，也没有离开这座山。

他想：就在这里停下吧，这条只属于我们的江湖路。

八

陈一茶做了场梦，梦里是行侠仗义，劫富济贫，拯救世界，还有远处的呼喊，张小花的声音一遍遍喊着："阿茶！阿茶！"

陈一茶想：怎么可能呢?

可他还是穿好衣服，推开了门。

然后他就看到了，大雪纷飞的深夜里，打山脚下飞奔上来一盏灯火，那是张小花驾着马，提着破旧的油灯。

她的衣襟围脖落满了冰雪，眉毛被冻成两条白线，像走了几十年那么远。

张小花见到陈一茶，下马直奔而来，她大哭着扑到陈一茶怀里，说："你个王八蛋，为什么不回信？为什么不回信？我还以为你死了！你是不是遇到了什么危险？你有没有受伤？不然为什么不回信？"

陈一茶鼻子一酸，说："小花，别怕，我与鸽子遇上了歹徒，它为了保护我，牺牲了。"

张小花紧紧抱住他，呜咽着说："阿茶，你没事就好。"

陈一茶说："小花，你回来就好。"

九

陈一茶说："小花，咱们不走了，江湖路远，就到这里吧，你不要再跑了。"

张小花问："如果是别人抢走我，带我跑了呢？"

陈一茶说："那你就一哭二闹三上吊，江湖人，见不得女人掉眼泪。"

张小花笑出了眼泪，说："好。"

然后两人就在小木屋里生活着。陈一茶发现师父教自己的都用上了，劈柴做饭打扫屋子，样样精通。好像一切本就是为了培养一个保姆女婿一样。

结果平静的生活还是在一个大雪天戛然而止，那天陈一茶醒来，发现爱睡懒觉的小花不见了。空气中还飘荡着若有若无的香气，既陌生，又似曾相识。

他觉得身体有点无力，费尽全身力气从床上起来后，发现枕边放着一封信。

信上是小花的笔迹，她说：阿茶，你不要担心，我是被门派带走的，他们没有伤害你，休息几天就好了。

小花还说：你那么久不来找我，我已经被师父许配给蜀山最厉害的王公子啦，虽然我和王公子都不愿意，但是华山和蜀山的老板愿意。人在江湖身不由己的道理，你说过很多次。

小花最后说：阿茶，你要好好生活，师门有命，我不得不从，我们不得不从。

陈一茶看着信上的泪痕，他想张小花被门派中人带走时是怎样的心情，她有没有反抗，有没有受伤，她写这封信，又流了多少泪。

他捧着信喃喃道：“小花，你怎么跑得那么远？”

陈一茶终于想起来了，屋子里的香味是软筋散，华山独家配方，这般行径，也是标准的武侠小说套路。他走到山巅，极目远眺，只看到满目的风雪如刀。

陈一茶想：原来这就是江湖啊，我终于找到了。

可江湖怎么能是这样？

十

张小花问王公子：“你爱我吗？”

王公子说：“我怎么能爱你呢？大姐，师父说华山有一个江湖在等我，谁他妈知道是你。”

张小花说：“可惜。”

华山之巅，张小花藏在红盖头下，听正道和魔教觥筹交错，言语中无非“钱权”两字。她抬头望向太阳，盖头里映出了万丈红尘，她想，我好希望看到的是你。

那天不是张小花第一个看到的，是山脚下的华山弟子，他们看到一个人，提着剑，剑尖拖在地上，好像想要把江湖一分为二。

“你是谁？！”华山弟子惊惧的质问声传到山上，没过多久，一个女子的喊声从山上传来。

“阿茶！”

陈一茶冲上来了，他拔出剑，闪着光，是阳光，剑光，泪光。他剑光所及之处，无人可挡，这不是剑舞，更不是二元一次方程，这是盛世之下仅存不多的剑法。

他提着剑说：“今天这条路，谁也不能挡我。”

浴血的陈一茶穿过惊愕的人群，那些人纷纷出言斥责，说：“你作为江湖人士，怎么能如此野蛮？”

他谁也不理，牵过张小花的柔荑，坚定地说：“小花，快跟我跑！”

张小花掀去红盖头，说：“阿茶，我跟你跑！”

新郎官在后边儿开心得跳脚，说：“对！你们快跑！”

一道身影上山，两道身影下山。

就像一个人来到人世，两个人走完人生。

十一

锦鲤陈一茶还是没跃出江湖，他与张小花就被高手们团团围住，押回山上，听候华山和蜀山的掌门发落。

大堂之上，两位掌门出奇的和善，他们拿出一张纸说："这位少侠，你看，不是我们从中作梗，真是小花的意思。她已经同意嫁给王公子啦，还请少侠下山吧。"

陈一茶看后，脸色苍白，差点晕倒，接着他晃晃脑袋，把身子挺得笔直，他说："好，本少侠可以走，但你们不许欺负小花。"

然后他就离去了，整个江湖目送一位少侠下山，他挺直的背影多年后仍为人津津乐道。

陈一茶不知道，那个黄昏的华山后山，张小花跪在地上，她梨花带雨地说："你们不要杀他，我不跑了，我嫁。"

她还说："你们放了他，让他体面地走，他是剑客，他是江湖子弟，他跟你们不一样。"

这是盛世还是乱世，谁也说不清楚。

但每一个少侠的生命中，总会出现一个女孩，小心翼翼地呵护着少年幼稚的倔强。

十二

后来，陈一茶走出了江湖，他漫无目的地走啊走，在一座消息闭塞的小镇落了脚，做起了打铁铸剑的营生，人人都说他的剑好，锋利，值得起这个价。

陈一茶总是谦虚地笑笑，没有人再看到过他的执拗与骄傲。

又是一年春分，陈一茶走出门，发现院子里站着一个小女孩，她年纪虽小，眉目已有英气，她打量一番后说：“是我娘让我来的。”

“你娘？”陈一茶看着华山派的弟子服，想：你既然知道我在这里，你又为何不来？

陈一茶又想，光阴似箭啊，我们明明只是三年不见，你闺女怎么就他妈这么大了呢？

女孩说：“我娘让我来告诉你，她和我爹生活得很幸福，山上有大别墅，有小花园，她很开心，一辈子也不想跑了，她还让我来问问你，你过得怎么样，有没有娶妻生子。”

陈一茶摇摇头说，说：“你就回去告诉你娘，说我虽然没成亲，但哥们现在焚火神功大成，专烧大别墅，小花园，让她小心点儿，不要被我抓到。”

女孩做了个鬼脸，“吹牛皮！”

陈一茶有些落寞，“是真的。”

女孩转了转眼睛，又说：“既然如此，我娘还让我谢谢你。”

谢我什么？

谢谢你教她的那个法子。小女孩说：“那天之后，我娘，哦，是我师姐啦。她一哭二闹三上吊，蜀山的王公子也一哭二闹三上吊，两位掌门爷爷没法子，便关了二人禁闭，说既然联姻不成，那就钻研苦练，不把武功练到登峰造极，就不许下山。”

陈一茶愣了，呆呆地问：“然……然后呢？”

“然后？然后她说，如果你还在等她，就推开门。”

陈一茶闻言，手忙脚乱赶到院子门前，吱地推开，看见了一个女人，她穿着白裙子，佩一柄剑，站在小巷中，如水的眸子里，盛着一个温柔的江湖。

还未等陈一茶说话，女人一柄利剑出鞘，她杏目圆睁，嘟着小嘴，娇声斥道：“呔！你这个道貌岸然的伪君子，拿命来！”

一缕春风吹过，扬起了她的散发与嘴角，和那些旧时光里的美好。

阿茶笑了笑。在温暖的晨曦中，他轻轻地抱过女人，说：“别嚣张了，你这个大魔王。”

我不会再让你跑掉了。

柒

红袍留影

我 的 梦 想， 是 天 下 太 平

当战争以最直接的方式带给人间痛苦时，世上还有一种最锋利的武器叫爱情，它千回百转，能遮眼违心。

一

秦历十七年那场大雪，梁旗为温展容披上了一袭大红袍。朱门温酒，白雪红梅，当年他还不知道，余生中是否还会再有为她披红袍的机会。

梁旗不凉，他打小心里就烧着一股滚烫的热血，这股热血凉不掉流不尽，梦中的金戈铁马征战天下，是他坚持拿起家中那柄御赐尚方宝剑的理由。

“爹，我以后要去打仗。”

“打什么仗？”

“拯救世界，维护和平。”

“为什么这么想？”

“因为我想让每个人都过上甜蜜的日子。”

身为秦国第一军师的他爹正打着麻将，头也不回，递给他一杯蜂蜜柚子茶。

“爹，我说的不是这种甜蜜。”

“什么甜蜜？”

“我要列国安定，天下太平，孩子和女人都不必再担心边疆的男人。”

“好。”

“爹，您也觉得好？”

“好梦。”

梁旗默然不语，喝了口蜂蜜柚子茶，很苦。

自出生日起，梁旗就没离开过这条老街，但外面的世界什么样，梁旗也知道——诸侯割据，战火燃烧，烧着土地庄稼，烧着百姓的眼泪。

所以梁旗觉得自己该做点什么了，他觉得自己应该提一柄剑，然后在惊蛰的晨曦。是风凉，姓氏凉，剑也凉，风萧萧兮，他梁旗需要去给这场大火添一抹凉。

那一天，梁旗八岁零八个月，他看了眼农历，今日宜出行。于是背起剑，整理行囊，溜出家门，第一次踏出老街。

这一年他背井离乡，隐姓埋名，什么亲人都没有通知，却偷偷去找了隔壁温府的温展容。

他对九岁零九个月的温展容说，

“等我。”

二

“我回来了。”三个时辰后，躺在床上的梁旗对温展容说。

梁旗想不明白，为什么走着走着，腿就折了呢？

他依稀记得，当踏出那条老街后，膝盖越来越痛，起初轻微，转而刺骨，最后趴在冰冷的青石板路上。

梁旗趴在地上思考人生，探索宇宙，他想：我从哪儿来？我到哪儿去？我是不是练就了魔鬼的步伐，以后只能在地上摩擦摩擦？

梁旗越想越绝望，他忽然感觉自己的人生已被阴影笼罩，这阴影不仅埋在心里，还照进现实，挡住了阳光。于是他抬起头，发现他爹端着茶，正笑眯眯地看着他。

如今他躺在温暖的床上，喝着茶，很苦。

梁旗问：“我腿怎么回事儿？”

他爹叹口气，“孩子，别怪爹瞒你，你这腿打生下来就有病。”

他娘在旁啜泣，哭声千回百转。

梁旗问：“什么病？”

他爹拿出一张字条，照念：“你得的这个是终身性关节炎肌腱炎气虚体弱心痹，反正出不了远门也不能剧烈运动的病。”

梁旗很认真地问：“这我他妈还能活吗？”

父母走后，他对床边的温展容说：“怎么办？我不会完成自己的梦想了。”

温展容把他的小手贴在自己脸上，温柔地说："别怕，我还嫁你。"

温展容是温家收养的孤女，唇红齿白，柳叶弯眉，她和梁旗有一纸婚约在身。

婚约，是她自己写的。温展容刚学会写字不久，曾拉着梁旗的手在那张纸上按了印，上面歪歪斜斜写着七个大字：梁旗要娶温展容！

梁旗当时还不太识字，问："这什么意思？"

温展容说："意思就是'我要成为大英雄'啦。"

两个人便傻呵呵在一起笑个不停。

后来朝上传出来消息，据说在高官中埋伏着一个敌国的谍子。继而人心惶惶，各府紧闭。上朝退朝，谁也不和谁多说一句话，人人自危。

当今乱世，一个位及高官的谍子，可是灭国之祸呢！

这消息连官员后辈也被深深影响，例如梁旗，他好久都没有见到温展容。

当时的梁旗并不知道谍子是谁，但他知道是这场战争，在温府与梁府间竖起了一道高墙。

八岁的他无力攀爬，便决定提剑去挑翻这场战争。

没人知道，梦中温展容的笑容，才是梁旗八岁那年背起剑的理由。

而温展容永远记得她握住梁旗手的那个下午，阳光倾泻进来，映着他苍白的小脸，床边有一杯茶，她喝过，很甜，笑得也甜。

如果此去经年，都能停留在那一年。

三

梁旗把兵法读到第三遍的时候，他爹走了，是个秋天。

他爹最后说："旗儿，你别怨爹不让你走出去。这条路太难，越是无差错，就越是怕错，一步错，一生错。你身虚心弱，指挥战争的事儿，你离远点，天天在家里打打麻将就好了。"

梁旗握住他爹的手说："可是父亲，这世上的兵法，我已经全部学明白了。你下出大秦国，我为何不能下出个天下太平？你既然担心我，又为何要教我？"

他爹说："还不是因为你娘不让我教你打麻将。"

他娘噙泪说："死鬼。"

父亲下葬那天，他娘在墓前哭得死去活来，但梁旗没有哭，他只是对着碑上"梁金戈"这个朴实却响彻大秦的名字，轻轻说了句："爹，走好。"

他爹下葬后，梁旗喝了一口茶，还是很苦，苦得掉泪。

那天秋高气爽，院子里摆满了金黄的花，温展容安慰了他好久之后，才离开梁府。

她的身上背着一柄剑。

温展容的人生始于老街，却不终于老街。她是秦国一颗冉冉升起的新星，文武双全，十全十美。女中豪杰温展容，还未出世，便已赫赫有名。

梁旗望着温展容的背影，沉默不语。

梁金戈下葬没多久，新家主梁旗向皇帝递了封奏折，皇帝看过奏折，只说了一句："虎父焉能有犬子？"

文武百官就知道，梁家养了十多年的瘸腿小虎要上战场咬人了。

这年冬，温展容在温家的门前摆一张椅子，端坐，煮茶，听雪，赏梅。

梁旗从老街上走来，手臂挽着一袭红袍，站到她的身后轻轻说："等我。"

秦历十七年那场大雪，梁旗为温展容披上了一袭大红袍。两个人什么也没有多说，磅礴大雪，点着那一抹红，比春风暖。

四

梁旗在南部疆场这几年，隔空与一位北方将军神交已久。

"将军，你领六百骑兵赶往忘北林，埋伏到子时，定有敌军援军。"

“将军，凉岸镇三山环绕，易守难攻，不过你备好一万火油羽箭即可。”

“将军，周副将定是齐云国的谍子。见信后三天，把我另一封信故意丢失在他帐里，七天后，齐云大势必去。”

将军每次回信简洁有力，单一个字：好。

梁旗看着那一个字，傻呵呵乐。他心里明白，会有这么一天的，一个人的疆场太冷清，他落笔千字也显得萧索，总会出现一个人，率领千军万马，成为他最遥远的兵器，就在疆场之上，描出心中的江山如画。

渐渐地，列国官员都知道秦国有个军师，腿脚不便，难行一里，与瘸子无异。这个人料事如神，诡计多端，终日藏在精铁打造的马车里，比谁都狡猾。

用那天夜里副将的话说，就是“梁大人神机妙算，运筹帷幄之中，运筹马车之中，运筹我的梦中”。

士兵齐问：“你梦中是怎么一回事儿？”

“我昨天做了个梦，梦见梁大人身子好了，骑马拎枪，成了个将军。”

“假的。”

“所以你看，梁大人在梦里都骗人，骗的还是自己人，这几国不都得让他骗个晕头转向？”

士兵们大声喝彩，开始唱，跟着梁大人左手、右手一个假动作，右手、左手假动作重播。

梁旗笑眯眯对副将说：“骑马拎枪怎么就骗人了？没准我真好了呢，有梦想谁都了不起。”

副将说：“做梦吧你。”

梁旗捧碗茶，不做解释。可他心里一直记得呢，最初相识小将军，盖因他来信一封，上书：“西漠有治疗军师的药引，名唤彼岸花，等赢了仗，我去为军师取回来。”

当所有人只看到梁旗大名冠绝天下的时候，还有一个人记得他是个瘸子。

西漠在极西之地。将军在信上谈到，听从那儿逃亡到中原的流民说，在比西漠还要西的地方，有一处绿洲，那里生长着暗红色的彼岸花，永远盛放，不曾枯萎，专治恶疾。

信上问：“专治什么恶疾？你连我的病都不清楚，怎么能断定那花能医好我？”

回信说：“专治病名十个字以上的恶疾。”

梁旗从此深信不疑。

小将军把梁旗感动了，但梁旗不允许小将军为他卖命。西漠太危险了，历来是罪民流放之地，梦想天下太平再无伤亡的他，又怎么会让小将军为了他深入绝地？

对啊，梁旗想起对他爹说过的话：我的梦想，是天下太平。

最开始，梁旗是为了守护一个人的笑容，才想要平定战乱；而

今他坐在疆场上，已经记不起一个人的笑，只看得到战争留在人间的满目疮痍。

战争岂非也是一朵永不枯萎的鲜红彼岸花？

五

梁旗在攻占汉国皇城时，有那么一瞬间想起了温展容。

那几年温展容曾吵着让梁旗带她去看汉国的月，听说汉国有两轮月，有一轮永远都是圆的，如无瑕白玉，无数情侣曾在汉国的星空下私定终身。梁旗在汉国的那个夜晚只看到了一弯斜月，另一轮圆月从万丈高空坠下。他们在汉国皇城的地牢中救出了上千情侣，原来一些来汉国拜月的情侣，都会被抓去做苦力，就为了每天都能升起那一轮硕大的纸月。

在汉国焚烧那轮纸月时，梁旗开始明白，当战争以最直接的方式带给人间痛苦时，世上还有一种最锋利的武器叫爱情，它千回百转，能遮眼违心。

温展容最初几年还常往南方寄信，后来就悄无声息了。

温展容兴许是结婚了——没有书信的那段时间，梁旗很失落地这么想过，也安慰过自己，答应展容的事情，一定要做到。天下太平就是送她最好的一份彩礼。

可是后来军务繁忙，加上掌握了一些机密后，背负太多的梁旗反而也不再提起这个名字了。

他甚至在刻意回避这个名字。

有时他偶尔会握花把玩，心中念叨着各国秘辛与那朵纵贯南北的彼岸花，之后粉嫩的桃花碾落成泥，马蹄之下，踏过的就是梁旗对白墙黑瓦桃李春风的记忆。

所以当年近三十的梁旗回到秦国时，终于完成承诺的他没有感到一丝轻松。

彼时大秦一统，万国来朝，几年前新上任的皇帝勤政爱民，亲自迎接，街头百姓狂热地喊着梁旗的名字，那天他递了一封奏折，朝廷之上，喜气洋洋，只是皇帝阅后，龙颜大怒。

他推翻了所有奏折，双目通红地说："温家安敢？！"

白纸黑字，是非分明，温家就是当年埋伏到如今的谍子。

六

副将曾经问："梁大人，秦城里有你牵挂的人吗？"

"有，我娘。"

"然后呢？"

"没有了。"

"别闹了秦大人，又骗我，调皮。说得跟你没出过家门一样，秦城那么多姑娘，你没出去看看？”

“出去过。”

“然后呢？”

“腿瘸了。”

其实，如果不是推测出了温家是谍子这件事实，他一定会对副将说，有，那个女人叫温展容，我来战场上打仗哪是为了什么百姓国家，我只是想让我爱的女人笑起来。

可如今梁旗写出了一纸盛世太平，也换不到她那一袭红袍了。

皇上很生气，要铲除温家，此时才发现温家后路众多，难以铲除，甚至最了解梁旗的温展容也早在多年前便已畏罪潜逃。

皇上也开心，他赐给梁旗一柄超级尚方宝剑，他说这剑上斩昏臣，下斩罪民，中斩鸡鸭鱼肉，权倾天下。

梁旗汗颜道：“皇上你什么意思？我是个瘸子，不是厨子。”

皇上说自己还没说完，接着又赐给梁旗一块超级免死金牌，可免百次死罪。

梁旗抚额说：“皇上你是不是有病？一次不够，还百次？是想让我变着法子造反吗？”

皇上搂过梁旗的肩膀，说：“你先别忙着吐槽，朕还要将最漂亮的妹妹许配给你，从此皇家梁家永世交好。”

梁旗听到联姻时，温展容的笑容在他面前一闪而过。

梁旗想：展容，你跑吧，永远也不要回来。

数天后，皇上领梁旗去了点兵场，为其引见英雄人物。

皇上准备了一宿将军们的战绩，牢牢背下，此时为梁旗介绍“军神”“战神”“兵神”，滔滔不绝数百字。

梁旗只以“佩服”“幸会”“久仰”六字回应。

皇上把梁旗拉到一旁，悄声说：“你他妈能不能给朕点面子，人家都是天下有名的人物，你就不能表现得热情一点吗？难道说连他们，你都看不上？”

梁旗摇摇头，他转身，打起精神，望着点兵场上密密麻麻的军队，朗声说：“我在南方，跟一个人多次飞信，他名声不大，兵马不多，却与我神交已久，忘北林夜袭，火攻凉岸镇，离间齐云国，人人都佩服我运筹于千里之外，却不知千里之外有人甘为我手中利剑。此时此刻，我只想问，那个人，你在这里吗？！”

人群中无人应答。

皇帝皱眉，吩咐官员领梁旗去翻档案。

黄昏，斜阳照进收录军名册的屋子里，梁旗在旁凭记忆拼凑那个北方小部队的特点，官员仔细听着描述，终于翻找出一个叫梁柳的人，他递给梁旗一张画像。

官员说：“大人，想必您说的小将军就是这个人了。”

梁旗看着画像说：“嗯。”

画中那个人英姿飒爽，柳叶弯眉。

将军温展容。

七

曾经烽火硝烟的天空上，有只洁白信鸽飞过，它脚上绑着封信，书：“西漠有治疗军师的药引，名唤彼岸花，等赢了仗，我去为军师取回来。”

坐在轮椅上的梁旗抚摸画像，他想：我是真的赢了吗？展容，你告诉我。

抑或是每一场战争，无论输赢，都会让人失去一些东西。

梁旗想：展容，你是不是傻？为什么要去参军？你待在秦城，或逃走，永远不回来，嫁给一个爱你的人，该有多好。

他转念又想：你怕是永远不回来了，西漠那么危险，你为什么要去？你说那永远盛放的彼岸花是红色，能治好我呢。可你知不知道，这天底下所有的红，我只想要你呀。

梁旗最后想：展容，你真的好傻，但你回来好不好？

梁旗去找温展容以前的士兵们，几经辗转，来到一间酒馆面前，里面已经卸甲的士兵们正在赌博，看见那辆闻名天下的精铁马车停在门口后，惊呼一声，立即聚向梁旗。

士兵说：“将军执意要独自去西漠寻彼岸花，我们拦不住，不然您和将军定能好好喝一顿酒。”

士兵骄傲地说：“将军说您是天下最聪明的人，什么阳谋阴谋，

乖，把剑放下
吞茶嚼花
著

乖，这是一条长长的江湖路，
有酒有诗，有情有梦，
有壮烈与萧索，有热血与柔情。

白马时光

乖，把剑放下

吞茶嚼花 著

写出你对江湖的寄语，
上传微博并@白马时光，就有机会领取精美礼物哦！

刺客谍子，在您眼下都将无所遁形。”

士兵悄声说：“梁大人，您知道吗，我们将军是女的……”

梁旗笑着和士兵们喝酒，等日落西山，才抱拳离去，最后士兵们递给他一个锦囊，说这是将军最心爱的东西，如果有缘见到梁旗，便交给他。

无缘则免。

梁旗接过来打开，里面是一张皱巴巴的纸条，年久泛黄，字迹已经模糊不清，歪歪斜斜隐约写着七个字——

梁旗要娶温展容！

梁旗泪流满面。

他忽然发现，自己可以算尽天下事的双眼，变得模糊起来了。

这七个字，是朦朦胧胧，是泪眼婆娑。

梁旗想起跟士兵们喝酒时，士兵回忆说：“末将也问过将军，说将军你一个女孩子家，干什么不好？干什么都好，怎么就偏偏要参军呢？”

士兵说完，梁旗恍惚间看见在金戈铁马、伏尸千里的战场之上，有一队满身伤痕的士兵蹒跚而过。领头的是一个血污难以掩盖明亮双眼的女孩，她正对那个发出疑问的士兵柔声说：“我爱的人，要我等他，等到战争结束的时候。可我等不及啦，便来打仗，想叫这天下早一点太平。”

八

翌日，梁旗只身入皇宫。

“皇上，不要再追捕温家了，毕竟天下太平了嘛，况且温家最终也没造反，我觉得温家还能再抢救一下。”

“你什么意思？”

“就是这个意思，当然，我也觉得此事有点过分，为了以示诚意，微臣自罚，皇上您妹妹我就不娶了。”

皇上生气了，又要保罪臣又要逃婚，这个梁旗实属是有点不要脸了。于是抄起超级尚方宝剑，横在梁旗项间，“朕劝你最好把话说清楚。”

“我不能娶公主。温展容，才是我的妻子。”梁旗目光坚定地说，“温家，微臣保了，所有罪责，我愿一人承担。”

“哼。”皇上冷笑一声，“就算一命赔一命，那温家近百条性命，又岂是你一个人买得起的？”

梁旗郑重其事地将超级免死金牌递给皇上，说：“不用找了。”

皇上看着这块金牌沉默良久说：“你还是造反吧，求你了。”

梁旗摇摇头笑了，他推着轮椅，转身离去，良久，背后传来皇上的声音。

“喂！你就那么确定她回来会嫁给你，而不是报仇？毕竟你才是让温家没落的人。”

轮椅停了一下，人却没有回头，他说：“当然。”

“因为我们有婚约。”

世上最厉害的瘸子军师拒绝了皇上的赐婚，这消息传遍了天下，人人都在腹诽这个军师聪明一辈子，到头却成了个傻瓜，傻瓜梁旗正在老街上来回溜达，日子渐渐过去，他连在老街上溜达也办不到了，只能终日坐着轮椅在老街上转悠。每当有人问他在这里干什么，他永远是笑呵呵回四个字——等一个人。

你策马往遥远去，我就在永远里等你。

九

数年过去，战争留下的伤口已经结疤，岁月会慢慢从今人的伤口上带走它，从而化作一字一字的历史，烙印在后人心上。

温家又回到了那条老街上与梁家做邻居。除了再不能为官外，每天还要上思想品德课。

皇上知人善任，励精图治，老百姓日子过得红红火火。

而至今看来，注定会被载入史册的梁旗，也许会被这样描写：梁旗，天下第一军师，身残志坚，平定战乱，而后因执意维护温家，功过相抵，削去官职。后半生再无功绩，且终身未娶。

他娘对梁旗说：“旗儿，你要等展容，娘不拦你，但梁家的传承不能丢，你爹在天上看着呢。”

梁旗心想没错，便收了两个小徒弟，男的叫梁展，女的叫梁容，学习他爹传承。数年过去，两名小徒弟刻苦训练，技艺精纯，早已称霸秦城数家麻将馆。

徒弟梁展问过梁旗，说：“师父，你每天都在门口等你说的那个人，那个人究竟在哪里？”

梁旗说：“是比西漠还要西的地方。”

梁容接着问：“师父，比西漠还要西的地方，是西天吗？那里是不是有如来佛祖呀？”

梁旗目光温柔，说：“不，容儿，是你们的师娘在那儿。”

秦历二十七年春节，天下太平。

梁家大院的门前依然有一个坐在轮椅上的男人，朱门斑驳，大雪磅礴，没有人问他在这里做什么，因为他已经在这里等一个人好多年。

有时候当你真正懂得珍惜一个人时，才发觉自己能做到的只有珍惜回忆。

夕阳落下，鞭炮声起，这是盛世景象。

梁家大门内，梁容捧了一盏茶出来，她看着坐在雪中的师父，正一如既往地坐在轮椅上望着远方发呆，只是此时此刻，似乎发呆得更严重一些了。

她叹了口气，轻轻将苦茶递到梁旗眼前。

梁旗仍是目不转睛望着远方，手颤抖着接过茶，喝了一口。

放下时，竟已泪眼朦胧。

他说：“真甜哪。”

街巷尽头，在洋洋洒洒的大雪中，有一袭暗淡红袍徐徐前来。

她的手中，握着一朵动人心魄的小红花。

捌

剑指夏花

如 果 我 死 了， 记 得 桃 花 就 好

我已经到了大胆的年纪啦，足够去谈判，足够去拼杀，也足够去爱。

一

师父绾了朵剑花，将剑柄递向我，笑问："给你这柄剑，是要你挑翻名利场，从此天地四海，扬名立万，可记好了？"

彼时我六岁，名利场于我不过一个陌生的词语，故而只记住了漫天桃花如雪乱，年轻的师父在花雨中，站成我永难忘怀的春天。

师父于我是前辈，于武林是惊艳的后辈，剑有九口八法，在师父手里却只成一斤铁，使出来毫无剑法可循。以至于十七岁那年就已经有人称赞师父藏剑于心，登峰造极。我赖在师父旁边，扯着他袖子问："登峰造极是不是就只能开始往下走啦？"他只是笑了笑，叫我去登那座季南之山。

于是十五岁那年，我开始攀登天险季南，师兄陈山北笑呵呵为我传授经验，一下午来回来去都是"一往直前"四个字。

师兄太耿直了，也太憨厚。他是靠一柄巨剑生生劈出一条山路的人，登这座山他足足用了两年，两年后人人都知道有这么一个傻子，永远不会转弯，别人骂他也从不还口。

我师门都不是喜欢解释的人，所以我没跟别人犟过师兄有多厉害的事实，更没说过好久好久之前的漆黑小巷中，我在他身后，看剑光倒映四名歹徒绝望的目光。

那一夜师兄浴血领我回家，师父打量他身上的伤口后，留下了一句话，是说：过了三十岁还不死，当得起一句天下第一。

师弟常顺早我登顶季南，却没教我什么技巧，见我登山失败后他整天在哈哈大笑，总是贱兮兮地说："师姐呀，你嘲笑我那么久，总是说我逃跑，可咱还不是先上去了？"

每次看他小人得志的模样，我都会将他耳朵揪得通红。小顺子生来胆小如鼠，却爱惹事，性子使然，他练就一身天下无双的轻功，搞得如今一天要跑八趟，成为人人喊打的小王八蛋。

他登顶的那个晚上，我们仨在一起喝酒，他红着耳根，还是哈哈大笑，他说："师姐啊，你可也得跑快点，才追得上师父呀。"

师兄在旁憨憨喝酒。我扶剑不语。

那柄剑叫桃花。就是他递给我剑的那个春天，我心下已暗自立下誓言，我是活是死，就是要在这样的春天。说什么天地四海名利场，踏入江湖起我似乎就已经不在乎了，只记得那天的桃花。

所以这柄剑只能叫桃花，至于我叫什么都不重要了。只要那个递给我剑的男人，在我生我死之际，都能记得属于一个六岁女孩的漫天粉黛，就已经足够。

十七岁那年我登顶了，山巅上我看一轮斜阳，浩荡大江，看红尘弥漫，老城烟云，圆月高挂时我隐约听见桃花剑说了话，她说：就这里吧，开始让所有人都记住你我。

那天我从夕阳站到深夜，山巅的风景太壮丽，星空太璀璨，可云海翻腾，我看不见师父。

下山之后，我倔强地抬起头，对师父说：“这茫茫尘世，我不要天下人记住我，只要你记住就好。”

他只是笑笑，宠溺地摸了摸我的头。

二

禁武令颁布时我刚刚接手师父的第二家武馆。说实话，朝廷没必要再颁这个了，毕竟现在还佩兵器的人不多了，到街上一瞧，佩的是玉，拎着的是鸟笼，扛着的，也不是朴刀了，而是甘蔗。

你看不到武林。

但朝廷还是要颁。尽管这几年已经把整个江湖都搞垮了，但当今圣上似乎对“以武犯禁”的道理理解颇深，不把这些三教九流的人卸了兵，说什么也不好受。

所以师父能把武馆开到现在，不容易。老辈的同辈的都已“苦海回身”了，他仍如一叶扁舟在城中坚挺着。不过好在师父盛名已久，天下高手敬他三分，甚至与朝廷的几个武将都有过交情。故而在武林末年，师父仍旧以一代宗师的身份风光度过了他而立的第四年。

其实我觉得结交一些庙堂之人没什么不好，但心里总是很怪，当下更是难免有些师父未雨绸缪的感觉，这与他二十多岁时睥睨天下的性格并不一样。但这并不重要，相对于此，总是跟师父听戏更开心一点。

我喜欢跟师父听戏，喜欢这种傻傻的、只顾着跟随他的生活。我很喜欢他。这没什么，我已经到了大胆的年纪，足够去谈判，足够去拼杀，也足够去爱。六岁那年，我很庆幸师父做了我的领路人，以为从此就能幸福安稳，乃至踏入江湖，成为传奇之中的一分子。可如今我在江湖中飘荡已久，最哀怨的莫过于六岁那年，师父做了我的领路人。

哀怨，但并不后悔。缘深缘浅，都是缘的道理，我听过。

跟师父进戏院的时候见到了一柄道具剑，大小样式已经很夸张了，却还是没有师兄的看起来沉重。师兄今年二十六了，二十四岁时他出去了一年，回来后师弟两眼发光问他是不是已经天下无敌。他递我一串糖葫芦，憨憨地说：“不算，不过没关系，不出去了。反正他们想做天下第一，总是得先迈过我。”

至今距师父所说的三十岁还有四年，但因涉及武林没落一事，师兄隐隐已有独扛我辈大旗的意思。

最近几个月，师兄喜欢上了一个青楼女子。我师门对出处并不怎么在意，只要真心相对，管她是玉叶金珂还是春风十里。可师兄憨头憨头的，哪里懂什么风花雪月呀，只顾着买这买那，还要靠我和师弟频频出招。见他整天期待的傻笑样，我一边替他开心，一边也不免想到，这硕大的武林，终究是要沉默了。

今天的戏格外精彩，却总感到有些奇怪。戏唱到一半时，那舞剑的黑脸早已唬得众人目瞪口呆，我好奇地指着他问师父："台上这个角儿有点熟悉，是谁？"

师父呷了口茶，笑呵呵地说："常顺。"

我"哦"了一声，想起前阵子师父领着小顺子拜访各大商贾官员的事儿，当下环顾四周，果然都是些富贵人家。

哦，明白了。

一转头的工夫，一个跑堂的赶来师父这边，递过一封信欠身告退。师父看后面色大变，我见状凑过去，纸上写着几个字，陈山北死于衙门外乱枪之下。

师父倏地站起身来，满场的权贵看向他，百十双眼睛目光复杂，有不解也有玩味。而身边的我是明白的，今天算是师父为小顺子铺的路，为门派在当今武林铺的最后一条路，从而才带他来跟这些朱门大院的长辈讨个好。

就像师父曾经对我说过的："位子给不了陈山北，是因为他注定只能做个面子，也给不了你，你没有主意。小顺子从小惹是生非，不练剑，练了身逃跑的功夫，我为什么不管他？就是因为除了要他保住自己的命之外，还要保住门派的命。”

台上的小顺子正舞得虎虎生风，台下的权贵正准备看我师父怎样将自己交椅送给台上那舞剑黑脸。那张轻如羽翼的纸落在案上，没发出一点声响。

师父坐了下来，案下紧握着我的手，攥得我生疼。

师兄也这样紧握着我的手，无论是那年的漆黑小巷中面对四名歹徒，还是我与常顺在汹涌人潮中随他去找糖葫芦，他就是这样握着我的手，劲道很大，大到我从来没想过怎样去面对长别。

可师兄死的那天，我和师父在听戏，小顺子在台上舞剑，生龙活虎，人间一片叫好声。

三

师父没跟我们去收尸，他被一同听戏的老县令叫去了。当时我是看见他犹豫神色的，却也看到了他归于坚定的目光，那目光我见过，在他登峰造极的年代，他曾以那束目光劈开无数荆棘，而今再见之时，却像是在我们之间劈开了一道很小的裂痕。

到了衙门口，听过叙述，说是师兄见自己钟爱的那名青楼女子被县令的儿子领走，起了争执，师兄嘴笨，争不过，起刀后还未近身，便听那二世祖漫不经心地下令，叫亲兵以火铳拿了性命。

我和常顺揭开白布，看见死不瞑目的师兄满身血洞。这是我第一次见到火铳的威力，武林中人都说就是这杆今年忽然出现的、长不过四尺的东西，杀死了江湖。但没人见过火铳的样子，有人说那是暗器，如暴雨梨花针，一瞬万发；也有人说那是毒药，无色无味，沾之必死。可惜见过的人还是太少，至今无人得证该如何抗衡。抚上师兄双眼时，我看见一名衣着华贵的少年搂着女人走出来，那个叫师兄魂牵梦绕的女人依偎在少年怀中，满脸谄媚神色。

当时小顺子拽住了欲冲上去的我，我随他抬着师兄一步步走回家去。喧嚣的路上我失魂落魄，我想：或许师兄去了没什么不好，他太单纯，太简单，太清白，他的剑用起来惊天动地，但他却那么安静，人间如此喧嚣，不适合他的。对吗？

所以我应该开心的，像师兄那样，总是笑得那么开心，说人只要想明白了，就要开心一点嘛。

可我为什么要这样泣不成声？

回了宅子，醉酒的师父将我二人唤过去，交代一番下葬事宜后，红着眼递过来一封请柬，说："你们二人就不要去寻县令公子麻烦了，这样门派至少在你们这一辈没有麻烦。"

我们接过请柬，上书师父与县令家千金的大喜之日。

是了，这就是面子。我闭上双眼，师父年轻的模样在我脑海中浮现，彼时他名震武林，一柄剑在他手中可以叫整个江湖都噤声，想喧嚣得喧嚣，想安静得安静，十年来无人能叫他举杯敬酒，或是皱一下眉头。后来这个敢叫板天下的男人变了，成熟了，连庙堂之上的九品官都可与他推杯交盏。做这些并非没用，他终于还是登峰造极，是最后一个退下来的江湖人，也是第一个退下来的体面人。

可我喜欢你十五年了呀，为什么如今的你在我眼中这么不体面？

我拉过他的手，苦苦哀求道："为什么？师父，您告诉我一个答案呀，为什么？我们师徒，四个人，十多年了啊。如今师兄死了，您叫我怎么不报仇？"

我拉着他的袖子，无力地坐在地上大哭起来，眼泪滴在地上，渗进泥土。六岁那年我见过无数桃花碾落成泥，而今盛放的无数桃树是岁月带来的答案。十五年过去，当年我曾握住的一柄桃花，竟已是无花可开、无果可结了。

师弟搀起我离去，院子中他轻声说："师姐，当年你总是笑我胆小，说我总是逃跑，撑不起门派的脸面。可你看，师兄那么厉害，有什么用？不还是去了？师父呢，也给朝廷招了安，最后我成了门派的下一任掌门。你看，我不是在逃呀，我真的是在跑，我跑到今天，不容易的。"

我闻言渐渐听得不对劲，到后面直接推开他的手，指着他气得哆嗦，我说："小顺子，常顺，师兄给你挡了那么多次架，你忘了？"

常顺摇摇头，说："师姐，我没忘，我聪明着呢。师父第一次接触庙堂上的人，我就料到今天了。你知道吗，要想活命，就得惦记着每个人下一步会怎么走，不然我怎么会活到现在？"

他将我推进房间，慨叹道：“师姐，活着比什么都重要，这个道理从我还是乞丐时就已经明白了，我希望你也明白，不要做傻事。”

四

有些事情总要有人去做的。这是师兄最喜欢说的一句话，他说这话其实是师父对他说的，似乎在师父收了我三人为徒之日，就已隐约分配好每个人的角色。

可我的角色是什么？不过是个单恋的傻姑娘，我武功不高，心思不活络。师兄、师弟都有教我的本领，我却只能将留名的念头付之于剑。希望那人能在春天时，想起一个用桃花剑的女人。

不重要了。这几天看着师父因大婚一事忙碌，我便已经明白，管他五年十年十五年，想让一个人记住你，靠身份靠时间靠一柄剑，都不够的，只要那个人心里没有你的位置，那你穷极一生也不会住进他的回忆。

可我还有事要去做的。师父大婚前夕，我终于决定，站在县令家的屋檐上，轻步移到偶尔传来女子欢笑的房间上，静静等待。师弟告诉过我，丑时三刻乃是人最松懈的时候。我不知道火铳威力几何如何运转，但我要拼。

时间缓缓流逝，院子中的柳树随风摇曳，这是炎炎夏日。就是在这样的一个夏天，我们师徒四人曾坐在树下乘凉，师父将江湖逸事讲到一半，说起夏天的尸体最容易腐烂云云，我听得恶心，忙皱眉说自己才不要在夏天死去。师弟笑说："师姐，干吗死了还惦记那么多啊，那你希望自己什么时候与世长辞啊哈哈哈……"

师弟被师父敲了下头，听他训斥说不要说这些不吉利的话。师兄在旁嘿嘿地傻笑，而我却在旁认真想起来。说夏天不好的，秋与冬也不好，秋风萧瑟，人们都忙着难过，冬雪磅礴，我也做不成那朵百里红。

师弟揉着头，说："那不是就剩春天了嘛。"

我抚剑轻声说："是呀。"

是呀，我不会在这样的夏天死去的。丑时三刻来临之际，我如此想到。结果正要一跃而下时，院门处传来骚动，几道狼狈身影竟然从门外直接撞了进来，紧接着护卫如蜂群一般，打四处角落纷纷出动，如临大敌守住各个房门。

院门徐徐走进一个人，提剑，束发，走着吊儿郎当的步伐。

是常顺。

年迈的县令已穿整衣服出来，皱眉大喝道："常顺！谁给你深更半夜来这里闹事的胆子？"

他那个浪荡的儿子披着发，嗤笑道："这个门派除了我那还未成亲的姐夫，怕都是些傻子吧！"

场中的常顺没有理睬二人，他看了看近十杆火铳，又抬起头环顾，在我这个方向稍停了一下，接着摇头说："有些事，总要有人去做的。"

我捂住嘴。

他将剑提起，似乎想说些什么，又紧闭双唇，电光石火之间，已是欺身向前。

火光乍起。

"暗器，走一字儿！"他身形腾转，似乎看清了火光的轨迹，大声喊了出来。

没有人知道他在对谁说话。

"要装填，慢！"他趁着间隙，又欺身向前几步，剑尖锋芒已映出那少年慌张的眼神。

就在此时，第二轮火光冲出，常顺身子一颤，叮的一声，剑掉在地上，继而仰躺在青石板上。这不过十息的时间，地上已经倒下四具尸体，第五个是常顺，鲜血从他的身下流出，染红了青石，清冷的月光洒下，照着他渐渐涣散的目光。万籁俱寂之下，只听到他喃喃自语了一句话。

师弟那留在人间的最后一句话是对我说的。

他说："姐，小顺子今儿不跑了。"

泪水肆意流淌，我不敢哭出声，只能静静感受此生所触过的最凉。

五

我没有走。

师弟除了丑时三刻的事情，还跟我说过一件事。他说过，一个人在历经大凶险之后，往往也是其最松懈之时。

小顺子是惦记到了我要走这一步的，自然也会想到接下来我会做什么。

夜晚凉风习习，我不知有多久没有这样感受过风了。它将我的眼泪温柔拭去，又带着自己的呜咽飘向远方，一如我的师兄与师弟。可如今你们还是走了，我一直以为无论怎样，我只要在这里做一个乖乖听师父教导的徒弟就好。可如今做完这件事后，必然是迩之薄凉遥之相忘，哪里还有停留的理由？

人面不知何处去，桃花如何笑春风？

翌日，喧闹的大婚上，那个男人与一个戴红盖头的女人正在敬酒，我走进去的时候没有人注意到我，唯有走到师父身边时，才有人惊呼出声。彼时他正在敬那个老县令的酒，席间权贵列坐，笑容和蔼，好一幕乘龙快婿之景。

他见我来了，皱眉问：“你怎么来了？”

“就走了。”我摇摇头说，将两个麻布袋扔在桌上，两颗人头滴溜溜滚出来，自然是害了师兄性命与负了师兄的那对狗男女。

轰然大乱的院子中，我淡淡地对那个愕然的中年男人说：“送你的彩礼。”

趁乱我离开了，直来直去且稀缺无比的火铳声起，却再难伤到我，我沿着街巷奔跑行走，在城外停下来，隐约还听得见城中的喧嚣。

这个地方我很熟悉，十五年之前，一个懵懂的女孩曾将一个男人小心翼翼地珍藏在了心中。当时的她还不知道，岁月中所有的回忆，终究只能用来回忆。

我收起剑，大步前去，相信在我没去过的远方，会存在更壮阔的风景，总好过我身后那一片混沌烟絮。

如果我死了，你记得桃花就好。

玖

琴音追云

我　领　你　去　看　江　山　如　画

一曲起，往事起，初心起，故人起，多少愁绪并起。

一曲落，风尘落，豪情落，因缘落，万种风情都落。

一

宋子良蹲在红楼的后门门口，对小白说："小白，你告诉我，江山如画到底是怎么个画法啊？"

小白给了他一个肯定的答案："汪。"

宋子良垂下头，唉声叹气道："小白，你别汪啦，我娶不到老婆，你也别想娶。"

小白耷拉下耳朵，说："汪呜。"

宋子良琢磨这种事不奇怪，毕竟他是个不忘初心的少年。作为一个将来会继承万贯家财的大宅子弟，宋子良却从小对做生意不感兴趣，反而对一些奇奇怪怪的事物颇感兴趣，诸如思考一些和尚涅槃后在极乐世界分不分配房子，孙悟空被压在山底下怎么解决生理需求等这种哲学问题。他父母曾对此表示强烈谴责，却被宋子良一句"金钱来往皆是虚妄，唯有思想永恒存在"的大道理反驳回去。

按理来说，这世上，很多年，都有过这样顶嘴的历史，也往往败在父母果然是正确的残酷现实之下。但宋子良是不同的，因为没过多少年，他父亲就找到他一脸唏嘘地说："孩子，你果然是对的，只有思想是永恒存在的。"

宋子良好奇地问："爹你怎么就突然想通了？"

他爹说："因为咱家破产了。"

那天宋子良搂着小白，怅然若失，他突然发现自己想了这么久，可以将狗养得肥肥胖胖的，却完全不知道怎么养活自己。

这他妈的就是思想家的宿命啊。

于是在父母重新拼搏励志东山再起的时候，宋子良就滚到红楼一边打工一边继续升华思想了。而至于什么才是江山如画这种很大气很意识流的问题，也是在他打工时遇见了陈小雨才开始思考的。

朱红的高楼，临着海，海风吹过时会扬起阁楼挂着的红帆，它飒飒飘舞，成为整座老城中最旖旎的红。就在两年前这座老城中的一个清晨，旭日东升，露水还未蒸发，有位背琴的姑娘渡船而来，有常常出海的人大惊失色，说这可是在海外仙岛上不世出的大琴师哪，当今琴坛，无人能出其右。

"那这大琴师，来咱这儿是做啥哟？"红楼的楼顶上，小二打扮的宋子良嗑着瓜子，纳闷地喃喃自语。

于是在众人的注视下，这位大琴师下了船，随意地坐在码头上，低眉抚琴，琴声高亢，比浪涛嘹亮。她口中哼着不明不白的调，咿咿呀呀，大风卷着浪，托着琴声，对天下说："我陈小雨，来找一个英雄。"

二

陈小雨住进这座临海的红楼时很开心，门口那只懒洋洋晒太阳的大白狗叫她看起来就喜欢，而且抬起头一咧嘴，就是特别阳光的笑容。

这种温馨的氛围坚定了她会找到英雄的信心。

但陈小雨并不知道在那个时候，自己的出现也带给了另一个人温暖。所以在自己后来冷冷地拒绝宋子良时，并没想到面前的小二会那么回答她。

陈小雨停下擦拭古琴，冷冷地说："你不要费心了，我是要嫁给英雄的。你知道吗，仗剑江湖，琴瑟和鸣，我给他抚琴，他领我去看江山如画，这才是我的人生。"

宋子良摇摇头，说："怎么可能呢，你都是在装呢，那天我看见啦，你看着我家小白，笑得那么开心灿烂。你那些冷酷和高傲，都是装的。"

他双眼盯着陈小雨的双眼，特别认真地对她说："小雨，你还是个小女孩呀。"

陈小雨恍惚了下，继而恼怒地将枕头狠狠砸向闯进她闺房突然表白的小二，看着宋子良落荒而逃的背影，她手放在琴上，胡乱拨着，心空空的、乱乱的，脸红红的。

其实直至如今，陈小雨仍然不知道什么是爱情。她从小在海外长大，十数年来心中唯有琴谱，九岁那年她弹出了号称世上最快乐的曲子，天下名士皆来拜访，此后师父却不准她再弹了。

师父说："听的人多了，曲子就没了那股意思，沾了名利气，待以后你真正重新像谱出曲子时那么开心，再弹吧。"

她好奇地问："那是什么时候呢？"

于是陈小雨就背琴出海了，带着一个找寻英雄的少女梦。

师父说，当她找到爱情的那一天，一定会真正感到开心，这首曲子也会重新丰富它的灵魂。

爱情？陈小雨听得多啦，英雄美人，仗剑江湖，十八般武艺，三十六门派大旗，七十二海外仙岛浪荡客，无人不知无人不晓。她昂着头说："这还不简单吗？他会领我去看江湖如画的。"

一个酒肆的小二，怎么可能呢？

三

宋子良的父亲痛心疾首道："不可能的啊，儿子，不可能的啊。"

小白被宋子良小心翼翼放在篮子中，咧个嘴傻笑着。宋子良一脸严肃道："一切皆有可能，小白，你相不相信我？"

小白说：“汪汪。”

宋子良的母亲哭泣道：“你个狗犊子，你不学无术也就算了，干吗祸害咱家小白呀？”

他不听，自顾自将准备好的大气球绑在篮子上。接着，这个篮子在三人各异的目光中，摇摇晃晃飞了起来，眼瞅着就飞到了近一丈高，宋子良喃喃地说：“娘，一犬得道，全家升天啊。”

也是在这时，小白说：“汪呜。”

后来宋子良他爹找到陈小雨时，是这么说的：“那篮子，他妈的飞了能有三十来丈高啊，小白能不惨叫吗？虽然没什么事儿，但它可疼了。姑娘，您劝劝我家孩子，让他死了这条心吧。不然再过几天，别说什么江山如画了，我估计他连明年年夜饭都看不到了。”

陈小雨皱着眉，一边安慰宋子良他爹，一边琢磨小白是怎么从三十来丈高的高度摔下来，还能天天乐和地抢骨头吃的。

送走中年人后，陈小雨唤来宋子良，说：“子良，我们认识有多久了？”

子良掰着手指头，从他开始给陈小雨送早饭、擦琴、收拾屋子，到为了维护她高傲冷酷的古琴女神形象，自己偷偷给她送糖葫芦解馋，再到死皮赖脸求她弹那首世间最快乐的曲子，却永远被拒绝，这些东奔西跑嘻嘻哈哈的日子，已经快整一年了。

陈小雨打断他的回忆，说：“一年了，子良。你做的这些事……”

宋子良眼中发光说：“你很感动？”

陈小雨坚定摇头说：“放屁，我是激动，你见过天还没亮就给人送早餐的吗？你吃过冰糖都融化了的糖葫芦吗？”

宋子良很汗颜，还不等解释，就听到陈小雨幽幽地说：“子良，我也感动。但我要的江山如画不是你那样子的呀。你总是爱耍小聪明，还想飞上天，那可是神仙才能做的事，你办到了，自然是名扬四海，可你连这座古城都没出去过。你知不知道，大街小巷的邻居都在背地里嘲笑你呢？况且我要的，不敢像你想的那样夸张又大胆，有个人，陪我走一趟江湖就可以了。”

正说着，外面传来打斗声。二人推开门，站在阁楼上，看一个穿黑衣的年轻男人，佩一柄剑，剑花缭乱，将店内闹事的匪人尽数斩杀，滴血不沾，一副浊世公子之风。

陈小雨指着男人说：“你看，他杀的，可是名震江湖的大恶人，多么轻松。我要找的，要嫁的，就是这样的英雄。不是你宋子良。”

宋子良握了握拳头，又松开，小白哒哒哒从楼下跑上来，汪呜汪呜地在他身上蹭来蹭去，又习惯性地去蹭陈小雨，却被宋子良拉住，它疑惑地抬起头，只听见自己主人轻轻说了句：“小白，不叫。”

四

陈小雨对宋子良去了哪里不感兴趣。

两天后，她鼓起勇气，去找黑衣佩剑的男人。

这一年来，有很多自诩江湖闻名的大英雄来找她，可无一能入小雨姑娘的法眼。她找不到能让自己弹出那首曲子的心情。事实上，这个男人也没有。

不过他没有，那世间就不会有人再有了。毕竟这两天坊间传闻，黑衣男人就是当今声名赫赫的少年剑客，走南闯北，至今无一败绩。

所以陈小雨必须要鼓起勇气，这可是最符合她标准的英雄！于是她敲开那扇门，对诧异的男人说："我陈小雨，应该嫁的人是你，我有一首世人都求而不得的曲子，配得上听的人也只有你，所以，你娶不娶我？"

烛火摇曳着，陈小雨在男人清澈的眼睛中看见了自己，她眉头是皱着的，看起来非常倔强，嘴噘起来，似乎在赌气。

傻傻的。

翌日清晨，宋子良他爹发现很冷酷的大琴师站在自己家门口，没等自己开口，陈小雨唯唯诺诺地问："伯父……宋子良去哪里啦？这两天他都没有来店里。"

他爹说："唉。"

他指着北方，说那个不争气也不赌气，很傻却傻得善良的儿子，去行走江湖了，说什么想去看一看江山如画。

陈小雨眉眼低垂，轻轻应了句："哦。"

要离去的时候，陈小雨被宋子良他爹拉住，她看着两鬓斑白，但仍旧颇有精神的中年人走进院子里，拿出来一张纸，上面墨迹斑斑，画着简陋的山水。

他说："这是子良天天在画的，江山。这他妈的狗犊子，小白画得都比他强。"

他递到陈小雨手里，慨叹道："他总夸你曲子弹得好，每天坐在门槛上，都问我听没听到。子良要是知道你来找过他，一定开心死了。"

陈小雨很礼貌地接过，道谢，在回去的路上想：我什么时候给你弹过呀，吹牛皮。

是啊，陈小雨越想越好笑，她来到这里一年了，找不到一个能让她真正抚琴的人，甚至有传言说自己不过是沽名钓誉。只不过虽然别人对冷酷的自己敬而远之，没脸没皮的宋子良却总是天天缠着自己，要她给他弹曲子，结果求了一年，听到的都是自己无心瞎拨的凌乱调子。

她向前走着，恍惚看见那个每天不是在嘻嘻哈哈，就是在研究古怪东西的少年，他蹲在门槛上，一脸自豪地对自己父亲说："你懂什么呀，陈小雨陈大琴师弹得可好听了！”

她望向城外的方向，这两天，那里有宋子良只身离去，也有黑衣佩剑的男人策马出城。

男人当天还是拒绝了她，他说：“陈大琴师的名号，我听过，曲子，我也素有耳闻，但我不能娶你。”

事到如今，陈小雨已经不想追问答案了。或者说她真正要让那个男人娶她时，她就已经有了自己的答案。英雄驾到，风头出尽，或行侠仗义，或救下美人。但英雄呢，是路过，是尽本分，他不是仰慕女人。

英雄帅，人好，武功高，天下无敌，女人觉得自己应该弹了，应该嫁了，但英雄没留下。

黑衣男人策马出城了，带走了陈小雨年少的梦想。

那个少年也出城了，他好像也带走了什么。陈小雨坐在阁楼上，想，他带走的是小白呀，这个浑蛋，我最喜欢的就是小白啦。我还给它留着骨头呢。

明月高挂，朱楼旧瓦，一条大江滚滚东去，江声浩荡。

满天星辰，落在陈小雨的琴弦上，幽光闪烁。

一切都很美好，只是陈小雨不知道宋子良去了哪里。

深夜中，她双手捧着很丑很简陋的山水画，头渐渐垂下，呜呜地哭了出来。

云雾缠绕月亮，眼泪晕开浓墨，小女孩悄悄花了脸，好一幅江山如画。

五

临海的红楼顶层，开着窗，那里总是有一个女人呆呆地望着海洋。有人说陈大琴师想家了，想回去了。也有人说陈大琴师芳心暗许了，海的那一边有她的英雄。陈小雨都没回应，古琴落了灰，她很久不碰了。

红楼的院子里多了一只黑色的大狗，叫大黑，很乖，是陈小雨亲自养大的。红楼的掌柜总是很感慨，她说陈小雨蹲下喂大黑时的笑容，已经很久没见过了。

陈小雨被掌柜的这样一说有些害羞，也很纳闷，毕竟自从登岸至今，她都是按师父说的，一直不苟言笑，颇有高手风范。常年下来，陈大琴师的冷艳之名早就传遍江湖，只是印象中自己再也没有像在岛上那样开心地笑过了。于是她问掌柜的："我什么时候还这样笑过呀？"

掌柜的靠着门框，眼睛眯起来，说："说起来还是你刚来的第一年呢。那时候我店里有个小二，天天缠着你，不知道你还记不记得？"

陈小雨轻声说："那个傻瓜。"

掌柜的很有同感地点点头："那孩子就是太天真了，不过也因为他，我才在你刚来时就看清了你，小雨，你当年就还是个小女孩嘛。"

"你还是个小女孩呀。"

陈小雨低下头，沉默地抚摸着大黑，眼眶悄悄红了。

陈小雨总是会独自去看望那个人的爹娘，二位长辈将家业重新做得红红火火，只是已经没有人继承了。伯父看得开，对陈小雨说："那个狗犊子本来就不是做生意的料，他要是回不来了，咱家的家业，闺女你就收着吧。"

陈小雨不看重这些的，大气古朴的整座院子中，她最感兴趣的就是一个破旧的气球和篮子。曾经有一个男孩自诩鲁班再世，他笨拙地组装着这两个东西，妄想飞上天空，结果摔惨了自己心爱的大狗。想到这里陈小雨不禁自己笑出声来，接着她花费一个下午，坐在后院草地上，将气球和篮子费了好大劲修补好。于是伯父伯母就看到了这样一幅画面，在杂草丛生的后院，那个总是不染尘埃的女大琴师不顾仪态，席地而坐，细心修补，大功告成时，她转过头，看到了伯父伯母，脏兮兮的脸上洋溢着最天真的笑容。

陈小雨站起来，将气球绑在篮子上，大黑没有被放上去，它乖乖坐在陈小雨脚边。陈小雨松开手，气球载着篮子，晃晃悠悠飞上了天空，在金黄色的夕阳下，女孩看着它越飞越高，傻傻地笑，笑着笑着，又坐在草地上，埋头哭了起来。

再后来，江湖上都听到一则消息，多年前从海外仙岛登岸，声称来找英雄的陈小雨陈大琴师，要开始抚琴了。

她说自己已经不想找到答案了，这首曲子到了它重现人间的时候。

一时间，江湖数不清的侠客奔赴前来，只为来听那首传说中世上最快乐的曲子，还有更多人想把握住最后这次机会，一举取得陈大琴师的芳心。

古城变得越来越热闹，陈小雨的房间却一直很安静，琴被她擦过了，安静摆在角落，丝毫没有要练练的意思。她坐在铜镜前，看着镜中的自己——有些成熟了，也许跟自己学会化精致的妆容有关系，但年纪也同样摆在那里。

妆可以卸，岁月终究是回不去了。

陈小雨想起自己冲入黑衣剑客房间的那天，她同样在看对方眼中的自己。那时候的自己是倔强的，赌气的，也是年轻的，当时自己认为什么都拥有了，只差一个英雄，从此神仙眷侣，人生圆满。如今回首望去，原来那些曾笃定憧憬、所谓英雄美人的江湖童话，却只能教人霜鬓尘丝，风情都倦。

她从抽屉中拿出一卷卷轴，小心翼翼打开，是一张有些泛黄的简陋山水画。她看了又看，伴着涛声，沉沉睡去了。

六

清晨的码头上熙熙攘攘，临海那边坐着一个女人，她双手按在琴上，不言语。围着她的人，是江湖、市井、庙堂。

这还不到她弹的时候，这两天陈小雨才发现，原来在放出自己准备放弃的消息后，她已经从想不想弹，走到了能不能弹的地步。毕竟声称要找英雄的她这么多年依然没找到自己的那位英雄，而今自己想放弃，别人却不想了。所以那些或是蓄谋已久，或是临时起意的侠客站在了此时场中，佩剑的、背刀的、扛枪的，他们战意迸发，豪气冲霄，就在这一处晴天碧海，他们千里迢迢来决胜负。

陈小雨看着他们，忽然感觉很悲哀。这些人，更多的不过是想在此时此地博一个名扬天下，从此成为英雄，万人敬仰，可跟她陈小雨没什么关系。

或许有点关系——别人在介绍的时候，会说，这位大英雄啊，可是唯一能叫陈大琴师甘心抚琴的人呢。

自己这么多年，究竟在做什么呀？她看着场外遥遥注视自己的宋子良的爹娘，他们皱着眉，眼神中充满着紧张和担心。她的心里更复杂了，甚至莫名感到有些委屈。于是她低眉，看着古琴，在怎么想也想不明白的一瞬间，她忽然很想把这个当今世上最宝贵的琴折了，木屑琴弦，都抛入江中，洋洋洒洒，叫天地间只剩下浊浪的涛声。

场上传来兵器碰撞的声音，夹杂着人们的怒骂，惊呼，惨叫，好热闹。但陈小雨没抬起头来。在场中，是少年俊杰，精妙功法，神兵利器，是她心心念念的一片江山，可她感到好累，连抬起头的力气也没有了。

没过多久，一个人扬起她的下巴。

这是个中年人，两鬓已经有些花白，眉目间有旧人的姿态。陈小雨想了想，很像当年那个拒绝了她、黑衣佩剑的少侠。

中年人盯着陈小雨的眼睛，恍然大悟一般，摇头说："果然。"

陈小雨推开中年人的手，她环顾喧嚣场中，那些少年的、壮年的，甚至还有老年的人们，纷纷倒在地上有气无力地哀号。围观的人们狂热且迷恋，他们大声呼喊中年人的名字，陈小雨并不知道那几个字怎么写，但她听清了四个字——天下第一。

少年成名，十余年来无人能出其右的天下第一，此时正站在陈小雨面前。

这一幕倘若放在多年之前，她登岸那个清晨的话，想必就是陈小雨梦想中的余生。

然而天下第一只说了句："果然。"

"果然什么？"陈小雨轻声问。

天下第一负手而立，望向远方，他说："我弟弟早几年出来为你闯荡江湖，回去时他告诉我见到你了，你在房间里要他娶你。我问他为什么没答应，那不正是你出去的理由？他告诉我说，若是我见到你当时的眼神，也定是不会答应的。”

天下第一笑着摇摇头，说：“果然，你眼睛那么明亮，那么轻而易举地就告诉别人，你心里已经住下一个人了。”

这个已至中年的男人抱着剑，对陈小雨说：“这曲子弹还是不弹，随你，有我在，这个世界上再也没有人可以逼你。”

陈小雨点头致谢，素手按琴，场中瞬间归为寂静。人们满目期待，等着听这首早已名扬天下，又被封在指间的，天下最快乐的曲子。

起风的时候陈小雨开始弹了，勾抹提挑，琴音悠荡，它乘着海风，路过在场每一个人，却没有一个人笑得出来。有些多年前拜访过海外仙岛的人是听过这首曲子的，他们风尘仆仆，本期待有缘能再度听闻，可如今曲子没变，心情却截然不同了。

人们望着低眉抚琴的女孩，陷入沉默。他们终于听到了这首天下最快乐的曲子，可听起来，却是那样悲伤，又那样落寞。

谁也不知道陈小雨此时在想什么，琴声中有哀怨，也有后悔，阳光下，她又开始哼起不明不白的调子，咿咿呀呀，字里行间，像是在讲述一个久远但却仍未结局的故事，故事里的每一个音符都在说，我们都没错，可惜是错过。

一曲起，往事起，初心起，故人起，多少愁绪并起。

一曲落，风尘落，豪情落，因缘落，万种风情都落。

人间太多伤心事，不如抚琴唱悲歌。

曲子完了，却没有人鼓掌。甚至有些女孩已经哭了出来。陈小雨没有管，她细心地擦好琴后，站起来，轻声说：“我要回去啦，这个世上，也不会再有那首曲子了。”

天下第一站在她身旁，摇头，说：“何必？”

陈小雨也摇头，说：“大侠，我已经明白了。那时候我还太年轻，不懂事，只想要好的。琴要天下第一，曲要天下第一，连男人也要天下第一，如今我才明白，好的太多了，适合的却只有一个。错过了，世上就再没什么天下第一了。”

围观的人们也纷纷劝她，说：“你陈小雨陈大琴师，花容月貌，天下扬名，你回去干什么？这世上那么多少年俊才，你大可以慢慢找呀。”

陈小雨没回应，身旁天下第一看着她的眼神，已经明白了她的答案。

人间最残酷的，就是少年俊才一直很多，但那个故作冷傲的女孩，和那个又傻又固执的少年，都已经不见了。

天下第一叹口气，拍拍陈小雨的肩膀说：“姑娘，别难过了，人总要为自己保留一点美好的幻想，而你还有大把的时光，相信我，你会找见自己的英雄。”

他抬起头，指着全场：“我弟弟当年没娶你，是正确的，我不是说他娶了你以后可能会后悔，而是说正是因为他没娶你，你才有

缘看到除了名利厮杀之外，属于江湖之上真正的美好，姑娘，你说是不是？”

陈小雨想了想，沉默点点头。

天下第一嘴角浮起欣慰的微笑，他说：“你看呀，在这里，有满场的少年，在远方，有更多的英雄。他们并不远，在这里、那里、那里，还有……”

男人手指不停换着方向，却在此时戛然而止，这个一直很温暖的大叔手指着大海，愣了半天，脱口而出道：“哎呀，那是啥？”

人们望向那个方向，齐齐陷入死寂，紧接着轰地炸开锅来，惊讶与恐慌在人群中蔓延。陈小雨也好奇地转过头，便看见了这样一幅画面——在不远的天际，正飘浮着一只巨大的、破旧的气球，下面牢牢绑着一个篮子，它摇摇晃晃的，速度却一点不慢，像个踩着云彩的英雄，正向这边赶来。

有人说那是神仙的坐骑，有人说那是上古的仙兽，甚至已经有人跪在地上不停地磕头，连天下第一也被吓得脸色发白。

只有陈小雨的小脸通红，她又哭又笑，眼泪怎么擦也擦不干净。于是她翻下码头，开始沿着海岸奔跑，在柔软沙滩上，女孩不停奔跑，海风卷起她的裙角，浪花轻轻漂过白裙子，逐渐洗去了岁月在这个女孩身上留下的风尘。

怪物飞得更近了，从篮子中冒出来一只毛茸茸的大白狗，开始冲陈小雨汪汪地叫唤，陈小雨见到它后，终于停下奔跑，坐在沙滩上，毫无姿态地哈哈大笑起来。这时大狗头上出现了一只手，一个男人按着它的头，从篮子中站直身子，当看到沙滩上那个自己魂牵梦绕多年的女孩后，他开始惊喜地大力挥舞起双手。

“陈小雨，我领你去看江山如画啊！”

拾

六尺杨枪

江　湖　啊　，　真　好

小强想做一个好人。

一

小强的村子不大，五六十口人家，在西北这种地方说不清楚谁贫谁富，都是能活下来就好，毕竟少则几年多则数十年，两个村子间大多也是老死不相往来的。

小强家在村子东头，是稍稍特殊的一个家庭：娘亲是个寡妇。说不上漂亮，但至少算标致，黄色皮肤配着有了皱纹的脸，就是本地一个普通的三十岁左右的女人。

村子小，也没人出去，日出而作日落而息，各家的桌子上来来回回都是在唠那些琐事。一条小河干了一点，一匹骆驼瘦了一点，如此鸡毛蒜皮的小事足够扯上一天，而茶余饭后，也会时不时唠唠小强的寡妇娘，最后说到死去的小强爹时，人人都会竖起个大拇指。

小强爹是死在马贼刀下的。

那是个艳阳天，空气被烤得黏稠。李大娘去村子西头的小河打水时，看到河边上，小强娘抱着小强，娘俩坐在地上正哭个不停，河边站着六匹马，马下有七具尸体，四把刀，两柄剑，一杆枪。

这可是村子数十年都见不到的大事儿。男的扶着老人，女的抱着孩子，顶着太阳把河边围了个水泄不通。老村长走到人群中间，咳嗽两声，伸出那双干枯褶皱的手，冲着地上六具尸体各点了一下，说乡亲们瞧见没，这就是马贼，可是专门抢劫咱们粮食女人的。

霎时，人群轰地就议论起来，老村长摆摆手，待安静下来，又指着死去的小强爹，痛惜慨叹，说："这是咱们的救星哪。"

英雄是时代的标杆。

在百年如一日的平淡生活中，村子里忽然出了个拼杀六个马贼的小强爹，自然就是公认的大英雄。村里人朴实，心地干净知恩图报，在那时候，家家都念着小强爹的大恩，纷纷对小强家帮衬着，不至于让家里没了男人的小强娘俩吃不上饭。

小强娘虽然是感恩戴德，却从未接受过一分施舍。一个女人家日日顶着太阳耕作，年年种一些耐咸的干果果腹。小强跟着娘，尽力帮着干一些力所能及的活儿，闲下来了，便提一杆六尺红缨花枪，花枪枪杆略细，枪缨暗红，比当年的小强高出好多。

没有村民过问这杆枪是从何而来的，小强爹又究竟是什么时候练就一身武艺的，总之老百姓啊，都看个结果，小强爹拼死救了咱们，人家就是英雄。所以每逢小强照着那不知何处来的枪谱练枪时，倒也从不怕有谁觊觎，就这样一边练枪，一边接受着乡亲们善意的调笑。

小强家没接受任何来自乡亲们的馈赠，唯独有一个人送给了小强一件礼物，小强没有拒绝。那是一杆六尺杨木枪，大小粗细与他那精铁枪相差无二，枪头被削得精致无比，枪缨用麻线绑住了几片杨树叶来代替。

这杆杨木枪，在村子里，只有齐狍能送出来。

因为只有齐狍一个人，一直在无济于事地种一些小白杨。

齐狍比小强还要小很多，是个小女孩儿。家里和小强一样，只有一个母亲。不同于小强世世代代生活在这里，她们是早几年从远方赶来这边定居的。

齐狍喜欢小强。

这个小女孩儿看向小强的眼神中带着光，其中有说不尽的好奇、依赖与崇拜。所以齐狍才会把自己栽下后长势喜人的小白杨砍了，做成这样一杆杨木枪。

她送给小强的时候低头搓手，唯唯诺诺，尽力解释说是怕小强哥整日拎那杆铁枪给累坏了，绝非是与其他乡亲一样的施舍。

小强看着眼前担心的女孩儿，摸摸头，就这么收下了。

于是在之后的日子里，小强就拎着趁手的杨木枪练了起来，身边永远跟着眼中带着好奇的齐狍。

有一天齐狍说，齐在遥远的北方是大姓，都是些达官贵人。他们穿的一件衣服，就能买下好几个这样的村子，她那时虽然年纪小，却也远远看见过。

可惜不论再怎么描述，还是吸引不了她喜欢的小强，她凑到跟前，直接问：“小强哥，你见过那些大官啊侠客的吗？”

小强哼了一声，说：“这有什么了不起的，我当然见过。”

齐狍追问：“是谁？在哪儿？”

小强便不说话了。

齐狍又亮着眼睛说：“小强哥，你知道吗，我名字里面的‘狍’，听妈妈说，在北方可是一种神兽呢，它高大凶猛，聪明机智，是天底下最厉害的动物！”

小强这次摇摇头，又开始不断地练枪，虽然没再追问，却在心底牢牢记住了这个奇怪动物的名字。

二

在小强把杨木枪换掉，又将那杆精铁枪耍明白了后，他的寡妇娘就死了。寿终正寝肯定算不上，是死于本地很常见的一种肺病。埋了母亲，收拾了家产，此时的小强在村子里就再没有什么亲人了，选一个良辰吉日，他便跟乡亲们说一声：“我走了，闯荡江湖去了。”

村民不知道什么是江湖，但知道外面大，人多，满是一言难尽的复杂。他们当天拉着小强，东说一句，西说一句，硬是将各自一生所有的，却极其简单的人生经验传授给了小强。

齐狍不知道小强为什么执意要出去，却也只好眼泪汪汪地对他承诺，要在村东头那里接着种小白杨，等小强回来，给他做更多的杨木枪。

小强点点头，就这么走了，离开他活了十八年的村子。他走的时候，带着干粮，骑马背枪，身后是一双带泪的目光。

他走啊走啊，感到特别累，也感到特别轻松，像草原上飞奔的马，苍穹中翱翔的鹰。

他不知道自己走了多久，只感到自己在岁月的急流中越走越远，身边的景物稍纵即逝，脚下的沙子变成了草地，身边的沙漠变成了山林，耳边的风啸变成了人声，忽然有一天，祥和的村庄与繁荣的城市就那么拔地而起。

他看见白衣书生踏履吟诗，劲装侠客披甲背剑，潦倒老道着冠醉酒，淡妆歌女高楼抚琴，街上垂髫小儿嬉戏打闹，贩夫走卒大声砍价，列队士兵来回巡逻，酒楼小二正不停地揽客。

他那颗在隔世的荒漠小村宁静十八年的心，瞬间被世间的喧嚣与嘈杂填满。

那天小强走到一个白面说书人身前，小心翼翼地问："这里是什么地方了？"

说书人看了一眼面前的小强，风尘仆仆，满面风霜，一下摇开扇子，说："江湖。"

从今往后啊，小强也是江湖子弟了。

江湖生，江湖死，小强知道自己不曾在这个江湖出生，却不知道会不会身死在这个江湖。但他知道，不管怎么样，至少不能在这里饿死。于是他最开始在街头卖艺，一杆六尺精铁红缨花枪舞得漂亮，时日久了，连往来的正宗江湖中人都忍不住为他喝几声彩。

由此得到了一些认可后，小强便提着他从沙漠里带出来的枪，与那些前赴后继投入江湖的人们一样，背着一杆精铁花枪，买了匹骏马，就此闯荡江湖去了。

小强想做一个好人。

很多鲜衣怒马的少年少女在最初踏进这片江湖的时候，都想做个好人。可惜时光就像人世间最可怕的武器，刮骨揉心，待几缕名叫岁月的风吹过，黄沙后现出的，都是陌生模样。

没有人会刻意了解你这一条江湖路如何在走，他们只站在遇见你的地方，仔细打量你脸上的风霜，之后就像唱戏班子里的师傅，在心中悄悄为你刻画好一个角色模样，大家小心翼翼，观人摹相，不会给别人解释的机会。

你是经历些什么才会变成如今这副模样的？已经不需要了解。剧本如此，不看前戏，没有幕后。

小强想做一个好人。

三

在最初的时候，他只想功成名就，衣锦回乡，甚至不想去杀任何一个人。但他第一次杀人的时候，却比任何人都要快，都要稳。

小强第一次杀人，是在一个掌柜的酒楼里。

那掌柜名下有中原最大的酒楼，床上有中原最漂亮的女子，身边有中原最厉害的保镖。这个掌柜不像其他商人一样富态，他个子矮小，身体瘦弱，黑白参半的头发用青布束起，眼睛永远闪烁着精明的目光，手上永远握着一把鎏金的扇子。

然而，不论夏天多么炎热，谁也未曾见过掌柜展开这把扇子。

这把扇子太重。

扇木，木是最老的檀木；鎏金，金是最纯的金；镶玉，玉是最纯的玉；挂坠，坠是古时帝王的坠。这把扇子简直比掌柜的家产还要贵重。

所以历来想抢这把扇子的人，都死在了他身边保镖的刀下。这两个保镖，一胖一瘦，胖的矮，瘦的高，腰间各挎一柄五尺朴刀，带着杀机而来的人，都死在了掌柜的五尺之外。

坊间推断，若想让这把从未展开过的扇子展开，只好让从未输过的天下第一出手。

天下第一并非是真正的天下第一。

很多年前，有一个很神秘的人，这个人自负桀骜，目中无人，永远自诩天下第一。每个少年与长辈都想挫挫他的锐气，可惜在经过很多次的挑战与被挑战后，他的对手有活着的，有死了的，却没有赢过的。

没赢过，自然代表这个人永远都没有输过。所以虽然这人爱自诩为天下第一，却一直这么活了下来。

后来呢，后来这个人失踪了很多年，一生都没有输过的他，自然成了真正的天下第一。

没输过，自然是最强。

天下第一既然已经失踪了这么久，凭他当年自负的高调作风，如今自然也不会自贬身价，来抢一把扇子。所以很多人惋惜，再也看不到世上最美扇子展开的模样。

直到小强走进了掌柜的酒楼。

四

掌柜的酒楼装修古朴，自有一股底蕴，但这是小强感受不到的。那天他点了半斤竹叶青，一斤酱牛肉，两碗米饭，三碟花菜，共记一百零八两，抹零一百两。

小强身上有十八两六钱，很生气；掌柜名下有数不清的银子，也很生气。

小强骂掌柜是黑商，不可理喻；掌柜骂小强是刁民，也不可

理喻。

小强想了想，说日后拿钱来还；掌柜想了想，说今日用命来偿。

于是杀了无数人的胖瘦保镖，手按到腰间的朴刀之上；没杀过人的小强，手拽出了身后的花枪。

左右翻飞，枪花缭乱，胖瘦保镖捂着喉咙，眼中充斥着不可置信的目光，死了。

那本枪谱，仅仅是最普通的枪谱，只不过到了小强的眼中，就是天下最神奇的武林秘籍。他没日没夜地出枪，把最基本的功夫当最玄妙的武学来练。春秋寒暑，他练了十三年，十三年练了一招。

而杀了绝不止十三个人的两个保镖就死在这一招下。

这一枪实在太快，太准，太稳，叫人避无可避，不能避。

第三枪刺出的时候，枪指掌柜。掌柜冷哼一声，气机迸发，霎时身上涌出了莫大的杀意，这股杀意使空气黏稠，使时间静止，使桌上温酒霎时结冰，使酒楼上空再无鸟鸣。

这股杀意，天下纵使再大，再危险，也绝对无须任何人来保护。

拥有这般杀意的人，当然比两个保镖要更快、更强，掌柜的冷哼一声，稳站原地，右手抬至胸前，一抖，扇子便展开来。

小强的枪却没有掌柜的快，所以他的枪头只能刺在扇面之上，而不是掌柜的心口。

但是，枪头却只是微微一顿，气势丝毫不减，一息后，依旧稳稳扎入了中年掌柜的心口。

掌柜生前的表情，用书生的话说，是难以置信，死不瞑目；用老百姓的话说，是死也不敢相信。

掌柜的死也不敢相信，小强的枪居然刺得透这把扇子。

那天酒楼之中，所有酒客都看见了这场战斗。

他们看见掌柜的展开那把世间最贵重的扇子，仅仅展开一点时，人们便看出这把扇子的扇面，乃是由世间最稀缺、最坚硬的天外陨铁所制成。展开后，各个陨铁扇面由最坚韧的金丝缠连，黑金相间的扇面上，用细钻镶了四个大字：天下第一。

原来他就是当年的天下第一，只不过把少年时扬言天下的傲气，藏在了一面扇子中。人们众说纷纭，谁也不知道，掌柜的经历了些什么，才甘心将这四个字藏了起来。

可他终究是死了，生前扬名的人很多，死后为人啧啧称道的却一直很少。人们只记住了另一个人，那个从遥远沙漠踏入中原的少年。

天下第一输了，小强变成了比天下第一还要强的人；天下最值钱的扇子破了，小强的枪成了天下最值钱的枪。

五

之后的几年，小强带着这杆普普通通的六尺精铁红缨花枪，走了很多地方，喝了很多酒。草地变成沼泽，变成雪地，变成大理石的石板，一路功成名就少年得意。

当然，他也随手杀了很多人，就像他第一次杀人一样，极快极稳，不论是好人还是坏人。

有一年在东北，小强终于见到了齐狍口中的神兽狍子。那畜生似鹿非鹿，似羊非羊，看见骑着骏马的小强时，吓了一跳，尾巴奓成一簇白毛，逃进了树林之中。

小强站在原地，回忆起大漠上曾有个小女孩儿口中那些张牙舞爪声势浩大的描述。正回忆着，又见树林中蹿出了刚刚的狍子，它歪着头，好奇地看着小强，一副呆子模样，像极了好多年前，有个小女孩儿看向一个提枪少年的好奇眼神。

也是在那年，小强遇到了一伙马贼，在东北山东一带，这些人多被称作响马。小强遇见的那一伙人占山为王，穿着猎来的貂皮熊皮虎皮棉袄，拎刀拔剑挎矛，将他围在冰天雪地的寨子之外，想在这封山之际再发一笔横财。

小强哑然失笑，拔枪，枪花在空中只留下残影，下一个瞬间便抵在了响马头子的喉间。

这伙人并不缺眼力，心底清楚得很，能把枪使得如此出神入化的，当今武林也只有一人。

响马头子是个豪爽汉子，临危不惧，言行中有浓厚的江湖气，他抱拳，大笑说："失礼！失礼！今日得罪了用枪的天下第一，虽说该赔命谢罪，可既然都是江湖中人，总该留条后路不是？"

他说："我行走江湖这么多年了，拿过不少人的性命，所以买自己命的钱，我更不少。"

于是那天小强点点头，他收起枪，饶了他们性命。在告诫他们"永远不要在中原被我看见"之后，拿着响马头子给他的藏宝图，收获了他们搜刮几十年的财富。

岁月总是晃眼而过。

得到堪比酒楼掌柜的财富的小强，如今坐在轿子里，骏马上，妓院中，豪府内，偶尔会想起当年的自己，在第一次见到城池的时候，也曾被高耸入云的城墙压得低声细语唯唯诺诺，不敢造次。

如今的他锦衣玉食，不论走到哪一座城池，都不会再有人讥笑他的乡气与胆怯。所以每逢他搂着最美的姑娘，喝着最好的酒时，总会不自觉地慨叹一句："江湖啊，真好。"

这些泡沫一般的自尊，在不久后的一场宴席上被打破。

那天小强坐在主席上，接受着席间诸人的赞美，其中有个醉汉突然大声喊了一句："谁能想到咱们今天的天下第一，当年也就是沙漠里一个寡妇的儿子呢！"

寂静，场中只剩下醉汉的哈哈大笑，紧接着，是满堂的哄笑。

小强坐在那里，静静看不知有意无意的醉汉，觥筹交错放浪形骸，讥笑挖苦扬扬得意。

那是他最大的财主。

他不是一个生意人，但自从拿到那些钱之后，他更明白金钱的重要性，这些年他东奔西走，结交各类人物，手下才算拥有了源源不断的生意——这些生意里面，都有那个醉汉帮衬的身影。

醉汉不仅江湖上人脉广阔，庙堂里也有不少弟子。所以他不仅不能杀醉汉，为了江湖上的名声，和以后的生活，他还要跟着大家一起笑。

那天的宴席上小强跟着笑啊笑啊笑啊，笑着笑着，就累了。

六

第二天，小强拿了不少的银两，骑一匹骏马，回家了。

小强在回家的路上感到特别轻松，也感到特别沉重。他的内心已经满是喧嚣，不知如何去见当年的少女。

他折了一束花想带回去，走着走着就枯萎了，他买了一串糖葫芦，走着走着就化了，他带了些小吃特产，走着走着就坏了。

终于，在最后走进沙漠的时候，他还是与当年离开时一样。一个人，一匹马，一杆枪，却不知道是否真的跟当年一样，前方还会有一道目光。

小强离得越近，就发现自己想说的话越多，他想说吟诗的书生，醉酒的老道，自诩天下第一又跑去开了酒楼的掌柜，不那么威风却像女孩儿一样单纯可爱的狍子。

他还想告诉齐狍，外面的江湖一点也不好。每个人都在鄙视每个人，城里的瞧不起乡下的，有钱的瞧不起没钱的，读书的瞧不起没文化的。北方瞧不起南方，南方瞧不起中原，沿海瞧不起靠山，求仙瞧不起拜佛。世界上永远是一半人在鄙视另一半人，其实每个人都是别人最瞧不起的模样。

所以他回来了，在这里，很穷，很苦，但是简单。别人对他好是真的好，不会让你去帮忙杀人，也不会让你永远担负着人情。

小强看到村子的时候，很开心，他站在那条父亲身亡的河边好久，才向村子里走去。这时村子里也走出了一个陌生人，那个男人中年模样，小强看着他一愣，分明觉得很面熟，却总也记不起是谁。

小强有些手足无措，他绞尽脑汁地琢磨着，这个人，该叫他“哥哥”呢，还是自己的表弟呢？

结果那个中年男人见了小强也是一愣，却是跪在了地上，哭喊着说：“大侠饶命！”

哦。小强记起来了，这是当初自己放走的那批马贼里的一个喽啰。

小强不知道自己是抱着怎样的心情，跟着喽啰走进村子的。

小强的村子，不大，五六十口人家，但他这一路从没有见到旧识的人，最后他站在一间房子里，身前是久别重逢的响马头子。

头子显然不像喽啰一样胆小，他拍了拍小强的肩膀，豪爽笑道：“老兄弟，没想到在这儿还能遇见你，跟你说，这可离中原太远了，咱走江湖的，把守信做到这份儿上，足够了吧？”

小强点点头，指着房间里桌子上的血迹问：“这是怎么回事？”

头子挠挠头，有些汗颜，说：“不好意思老兄弟，见笑了。这村子里的人太死板，咱家兄弟路过，本来就寻思住几天，拿点吃食，找找乐子，结果死活不让，没办法，咱送他们一程。”

小强站在这个曾经做客无数次的房间里，沉默地来回走着，此时又听后面有个喽啰带着自豪的语气说：“真的，太他妈傻了这村子，你说不大的姑娘就敢拿一破木头棍子上来，简直是存心找死。还有那些乡巴佬也是，不就是死了一个女孩吗？至于整个村子都往刀下面送死？真是没开化的愚民。”

小强点点头，看见了倚在门口的木头棍子。

那木头棍子，细的一头磨损得严重，有几缕散落的麻线，遍布斑驳暗红的血迹。

是一杆六尺杨木枪。

小强捡起那杆杨木枪，两手持枪。他转头对响马头子说：“老大哥，你说我这六尺精铁红缨枪，值多少钱？”

响马头子看着铁枪，一脸向往，谄媚道：“这可了不得，这简直是江湖上的无价之宝啊。”

小强点点头，把那杆精铁枪递到了响马头子的手里，响马头子一脸疑惑，只听身前的小强说：“当年你们给了我无数财产，我饶了你们一命。今天我后悔了，这杆枪，就当钱财还给你，你们把这村子上的性命还给我，好不好？”

响马头子霎时惊惧无比，冷汗直下，立即喊道：“江湖上……”

话至一半，小强手中的杨木枪已洞穿了响马头子的喉咙。他声色俱厉，抽着鼻涕，终是没有忍住眼泪，他大声哭骂：“去你妈的江湖！”

那天沙漠空无一人，村子里的马贼一个也没跑出去。

小强拎着杨木枪，慢慢走过村东头，走过他的家，他走出村子，看见眼前的景象，无力地跪在了地上。

村子外，星星散散屹立着数十棵枯萎的小白杨。

七

好多好多年后。

在西北有一个村子，本来只有一个潦倒的老人，盖因老人数十年种树不断，村子周边竟渐渐拔起了一大片杨树林，引得一些人定居于此。

村子里一派祥和，男人日出而作日落而息，女人栽花种树照看孩子。大了点的孩子，就跑到村子西头去找种树的老人。

老人种不动树后，便时而坐在村西头，时而坐在村东头，叼个烟袋眯着眼抽烟。老人没什么文化，却像在年轻时走过了不少地方，一肚子的故事引得孩子们日夜不愿离开。

这天，讲的是沙漠枪客的故事，引得孩子们一脸好奇神色。

“诶，老爷爷，小强的父亲究竟是什么人，能一下杀了那么多马贼？”

老人磕了磕烟袋，笑笑说：“那小强爹哪里是什么英雄啊。其实是他一家三口在河边遇了马贼，被一位赶路的背枪侠客给救下了。结果小强爹跪着求侠客，死活不让人家走，愣是想让人家收自己儿子为徒，学点枪法后好走出这大漠。可你们说，侠客哪里管这档子事呀，说：‘你平时求我还好，我已经救了你一命，你知足就算啦，还提这要求来麻烦我算怎么回事儿？是不是有点过分了？’结果，你们猜怎么着？”

老人深吸了一口烟，混浊的眼神恍惚，说：“小强爹一听可急了，也不知道他啊，究竟是有多想让自己的儿子走出去。他见那侠客还未收枪，竟然自己直直地扑了上去。这小强爹吐着血说：‘那，我这命不用大侠来救，只求您发一发善心，帮衬一下我这儿子。’侠客见此大惊失色，哪里想到有这么一出啊？看小强爹死前仍然哀求的模样，实在于心不忍，才留下一本枪谱和他的那杆枪，骑马孤身离开了。”

小孩子们听了缘由后沉默许久，在男孩儿们安慰了几声哭出来的小女孩儿后，便跟老人礼貌地道个别，扎堆到那杨树林里玩去了。

白杨树生命顽强，稍加照顾就能长得枝叶茂盛，成堆的孩子们肆意穿梭在交织的树荫中，偶尔掠过树林中间的一片空地，那里插着一根木头棍子。

好像是一杆六尺杨木枪。

拾壹

白骨大王

你 还 记 得 吗， 齐 天 大 圣

我终于站在了他的身边，轻声说："桎空山白骨大王，愿随大圣一战。"

一

我第一次遇见那猴子的时候，他还是齐天大圣孙悟空。那时他意气风发，桀骜张扬，救下了遭遇劫匪的我姐妹二人，在送我二人回家的云上，他手舞足蹈，滔滔不绝，谈及正要去天庭受封天官的他有多么开心，家乡的花果山水帘洞有多么漂亮，一只年迈的老猴子有多么爱喝酒。最后送我二人到家的时候，他扬头嘿嘿一笑，说：“以后不要怕。记住俺齐天大圣孙悟空，还会来救你呢。”

我说：“好。”

姐姐说：“如齐天大圣那般的神仙人物，身边皆是仙女，眨眼即是千年，绝非我等凡夫俗子可以靠近。”我不置可否，只每天绣那云上猴子的模样，日夜回想那天山中遇劫之日，有一只猴子紫金冠黄金甲，从云上一跃而下，戾气却冲上了九霄云外。

如此数十年岁月眨眼即过，我也再未得知一丝有关于大圣的消息。

值得吗？

姐姐一直以来都在问我这个问题。

值得。我站在姐姐的墓前，轻声对着残破的墓碑说。

我是白骨精，在我死后两百年，我第一次恢复意识。来往的土地告诉我，是我执念太深，骸骨腐朽入土，执念刻画入骨，最后留下了这根惨白的肋骨百年不腐，造就于我。我点点头，沉默看着自己体内的唯一一根肋骨，心下凄然。

自当年我被劫匪的利剑刺中之后，体内永远留下了一根损坏的肋骨。

所以你看呀，我还是忘不掉你。

听土地说，前些日子那孙悟空拎着金箍棒大闹了天宫，一身武力威慑住八方神仙，最后还是如来出马，才将其压在了五指山下。

我忍不住畅想那猴子大闹天宫时的桀骜模样，心下欢喜。这么多年过去了，凡人都有了几番轮回，他却还是意气不减当年。于是我拜谢了土地，离开这片我生活了一辈子的小镇，驾风而去。

我去的地方自然是五指山。

曾经我凡人之躯，难以跨山渡海，更遑论上天入地。而如今我身怀浅薄法力，自然要去找那个挂念一生的英雄。于是一路上日月更替，披风戴雨，山川河流如云彩一般从我身边掠过，最后我站在五指山一百里外，难以再靠近一步。

我唤来土地问其缘由，和蔼的老爷子摇摇头，对我说："此地有如来划下禁制，五百年间凡人仙官，孤魂野鬼皆不可进。"

我点点头，从此据山为王，那座山贫瘠荒芜，我唤作桎空山，此地桎梏大圣五百年，我便桎梏自己五百年。

此后我日夜于洞府之中修炼法力，只盼望那桀骜的猴子破山而出之日，再临天庭之时，身侧有我。闲时便捡起生前绣花针，百年一梦，从那朵白云开始绣起。

二

光阴似箭，我深觉时光飞逝真谛的时候还是生前。那时我坐在白墙黑瓦的老院子里，院子外来往的过客行色匆匆，青色的天空下有细雨划过，我一针一针地绣呀，身边绿草红花纷纷怒放又枯萎，砖瓦的颜色渐渐变得深沉，大雨小雪不断地交替，终于我绣累了，定睛一看，手上已经满布皱纹。

而今亦是如此，白骨洞府的字样被雨淋得有些模糊，桎空山上不知何时拔起了好多大树，周边的小妖渐渐称呼我为白骨大王。这天天晴日丽，春风正好，我抚摸着怀中的兔子，还未说话，那雪白的兔子动了动四瓣小红嘴，说："五百年了，大王。"

我轻声说："好，我们去接大圣。"

话音刚落，法力所幻的兔子灰飞烟灭。

我并未接到大圣。

我曾以为他破山之日，便是复仇之时，他会再度头戴紫金冠，身披黄金甲，一袭鲜红披风下拎着那金灿灿的金箍棒，驾云而去。而我修炼五百寒暑，终于可以悄悄地站在他身旁，对他轻轻说一句："桎空山白骨大王，愿随大圣一战。"

然而我走出洞府的时候，看见的却是驾云的观音。她玉手结印，对我说："孙悟空重任在身，你若相认，不仅正果难成，更会让他再次万劫不复，你若执意如此，我也只好使你身死道消。"

观音顿了顿，又说："不过，如今我相传你更玄妙变幻之法，你只需一路上听闻天庭命令，待功成之日，还可拜入天庭，你愿是不愿？"

我犹豫了一下，问："他有什么任务？"

观音颔首，"西天取经，证道成佛。"

我想了想，低头答一"愿"字。

于是五百年后的今天，我拂去了山上"白骨洞府"四个大字，散去周边纠集的小妖，往西而去。我不知道以后将会与猴子发生怎样的故事，也不知道自己今天的选择究竟是对是错，对他是好是坏。我只知道，在观音离去后，我法力更盛，返回洞府之时，死去的姐姐站在我的面前，她告诉我，她成了精。

姐姐如何成精，如何来到我这里，我从未深究，更不想深究。她只是爱怜地摸了摸我的头说："妹妹，你放心，那些会让大圣不开心的事呀，姐姐来做。"

我看过云端孙悟空的桀骜模样，也畅想过齐天大圣大闹天庭时的万丈豪气，心中也深知他早忘了曾救过两名女子的事情。

可我却从未想到有一天，他会披着粗制的虎皮，戴一轮金箍，老老实实地向西方取经而去。

三

姐姐第一次去的时候，变作了一个妙龄女子。篮间藏有蛇蝎毒药所化的吃食，奉命加害唐僧，其中还藏有一张绣好大圣模样的锦纱。结果还未离近，一如千年前的大圣携着冲天的戾气持棍而来，重重打在姐姐身上。篮子里所化之物烟消云散，只留下一具貌美如花的少女尸体。

姐姐拖着重伤回来时告诉我，那大圣已不认曾经猴妖身份，只一味打杀所有妖精，唯有当年戾气尚在，可是……

我追问："可是什么？"

姐姐顿了顿，说："他那师父唐僧心地极善，肉眼难分真假，眼看大圣杀了我所化女子后气急，只口中念咒，大圣头上的紧箍便折磨得他死去活来。”

我沉默良久，原来五百年后，在孙悟空逃脱了五指山那天，观音不仅在我的身上拴上枷锁，还在孙悟空的头上戴了圈紧箍。

姐姐第二次去的时候，化作一个鹿妖，而我用法力另幻化两个大妖，于车迟国内静候取经一行人过来。这次见到大圣的时候，他戾气收敛，回首去问那唐僧如何行事，最后定于三场斗法。

斗法刚开始，孙悟空已经势薄难敌，他终于卸下自己的狂傲，去寻曾经在天庭交好的老友们求助。那天狂风骤雨，电闪雷鸣，小玉龙翻滚于油锅之间，大圣在其中惬意舒服得很。我却明白他虽然赢了这三场斗法，但已经输了五百余年的修行。

姐姐第三次去的时候，直接化作了大圣模样，一如当年的桀骜难驯，手持我那根修炼许久的肋骨。我幻化出八戒沙僧小白龙，意欲替代这些可怜人。

那根肋骨经我修炼加持后，本就可媲美金箍棒。如此一来一回两人难分胜负，最后大圣终于想通，领着我姐姐去地府，找观音，去拜访仙界各位名门，低声下气，求其分辨真假。

最后，大圣与姐姐站在大雷音寺如来佛前，如来看了看恳求的大圣，又看了看平静的姐姐，嘴角挂起一丝笑容，指着大圣说：“你是真的。”

那天的孙悟空开心极了。

从那天起，我明白我的任务已经完成。我不必再让姐姐去阻挠大圣，也不必再幻化真假难辨的事物。

“值得吗？”姐姐再一次这么问我。

我回想起那个乖乖听候如来发话的孙悟空，想了好久，摇了摇头。

他们找到我们的时候，我看见了一个成熟的队伍，好色贪婪的八戒变得戒酒戒色，凶悍粗犷的沙悟净变得老实细心，随着忠心不贰的孙行者一同保护善良的师父，一派正途。

那天还是风和日丽，春风正好。我看见一个全新的大圣，他身上铅尘尽洗，不骄不躁，无欲无求，与天地融为一体。

我站在姐姐身后，她指着那个安安静静的孙悟空，回过头问我：“值得吗？值得吗？值得吗？”

我呆站在原地，看着那猴子举起金箍棒，欺身而来，重逾万斤的金箍棒直接掠过了我身前的姐姐，重重地打在我身上。我难以置信地望着我这一生中，最熟悉也是最陌生的孙悟空，他的眼神满是平静与冷漠。

我苦笑难言，还在尽力解释说：“大圣，此前之事，皆是我姐姐所做。”

孙悟空面不改色，平静地说：“这一路走来，次次都是你从中作祟，哪里来的什么姐姐？”

我听了一怔，看向身前的姐姐，她回过头，凄然一笑，身形渐渐消散。之后，我在猴子的眼中，看见了属于我的凄然笑容。

我变过很多东西，以假乱真实难分辨，早已登峰造极。

我变过最失败的一次，是我的姐姐，我没用任何的法力，只臆想出了那个做尽了恶事的姐姐，最终谁也没有骗过。

我变过最成功的一次，也是我的姐姐，我一味相信所有事情皆非自己所做，最终甚至骗过了自己。

孙悟空，你如今的模样，是不是也是你所臆想的呢？在你内心深处，会不会还是当年那个桀骜难驯的猴子呢？

我不知道，我甚至再说不出一句话。孙悟空收了金箍棒，平静地看了我一眼，就此与身后的三人离去。

待他们走得远了，观音又出现在了我面前。她还是当年模样，玉手结印，对我说："你任务已成，今后若是再不提前尘往事，即可证道，你愿是不愿？"

我沉默了一会儿，问："为什么不能提起过去的事？"

观音摇摇头，说："一丝因果，亦可酿成大祸。"

我这才明白，我与大圣的因果就此了断。从此他的人生中再不会有当年那个惊慌失措的凡人女子，只会记着一个心狠手辣百般阻挠的白骨大王。

我问观音："我手下杀人无数，血气冲天，怎能成佛？"

观音颔首，说："众生皆在受苦，众生皆可成佛。"

我答一"愿"字。

四

大圣取得真经。那天的大雷音寺前，万佛聚齐，我在熙熙攘攘的人群中，作为天庭的仙女，前来见证取经人证道成佛。

唐三藏神色庄重，猪八戒、沙悟净、孙悟空、小白龙，皆是不卑不亢，不悲不喜。

烟云缭绕，香火鼎盛，仙界一派和谐，人间盛世太平。

我看见五人受封成佛后，彼此相望一眼，各自端坐莲花台离去，明白这场近百年的大任就此功德圆满，再往前数五百多年，那场天昏地暗的大战也就此泯然消散。

后来的好多好多年，我在天庭的日子里再也感受不到岁月流逝，便时而漫步在云端，时而呆站在南天门前，有时也会想起身为凡女的短短百年，想起贵为白骨大王的五百光景，可是如今我的手中再不会提起一根绣花针，也绣不出那模糊模样。

这些年，唐三藏不改初心，他毕竟是真心向佛，不忍众生受苦，成佛后一直行走世间。

猪八戒呢，被封为净坛使者，他的确六根清净了，恢复了昔日的帅气模样。有一天我见到他在广寒宫与嫦娥相遇，彼此礼貌一笑，擦肩而过，形如陌路。

沙悟净，他变成了最本分的天官，勤勤恳恳一丝不苟，不阿谀奉承，也拒绝官员送礼。我见到有人曾邀请他一起喝酒，他摇头拒绝，再也不是当年那个酒后打碎了王母琉璃盏的浪荡子。

我想孙悟空了。

在一个夜里，我偷偷下凡，跌入九霄，四州风雨在我眼中越来越大，睁眼即是天地间的凛冽罡风，闭眼满是千年来的是非恩怨。最后我落在花果山上，身边是激流不断的瀑布，依稀可见后方“水帘洞”三字。

山头之上，有一只宁静祥和的猴子蹲坐在石头之上，双手搭着膝盖， 呆望着圆圆的月亮。石头下，有千余小猴或是嬉笑打闹不知疲倦，或是卧于草地鼾声不断。石头上的孙悟空忽然转过头，对身边一个毛发皆白的老猴子温柔地说：“来呀，喝酒呀，喝酒呀。”

老猴子摇摇头，说：“佛不沾酒。”

孙悟空温柔的笑容渐渐凝固。

我站在他们的后方，心下悲戚，这些猴子，分明是一个个被佛度化的鬼魂。

斩执念，断因果，这场取经大戏，又何尝不是仙界与齐天大圣的一场对弈。

猴子猴孙，皆被铲除度化；结拜兄弟，陆续反目成仇。当年的齐天大圣美猴王，再不敢妄称“齐天”二字，锐气尽消，战气全无。

斗战胜佛，斗战神佛，不争斗，不好战，不曾胜，只单单成了佛。

我走到孙悟空身旁，他见是我，温声说：“你是当年的白骨精，不错，没想到你一心向善，修得正果了，善哉善哉。”

我点点头，幽幽说道：“大圣，当年所行之事，皆非小女子所愿，只是观音指使，为消你我因果。”

孙悟空一愣，问：“你我何时有因果缠身？”

我看到天际已有霞光掠过，心知违背当年誓言，犹豫了一下，紧接着说道：“大圣，你可还记得当年你往天庭受封时，路上曾救了两个凡人女子？你可还记得你说过要做真正的齐天大圣？你可还记得当年你大闹天宫的模样？”

孙悟空沉默不语。

我望着霞光迅速逼近，急急说：“自那日起，我一生都在绣大圣的样子，那时你踩在一朵洁白的云上，你意气风发，你桀骜张扬，你头戴紫金冠，你身披黄金甲。我凡人在绣，我成精在绣，我绣了六百年，都是你齐天大圣孙悟空的样子，你还记得吗？你还记得吗？”

孙悟空还是一贯的沉默，脸上不起一丝波澜。

天兵终于赶到，蛮横地架起了我，我苦苦挣脱不得，右手剖开肋下，掏出一根残破的肋骨，对他说：“你看呀，其实我一直在绣呢，你也一定一直记着，对不对？”

清冷的月光下，我清楚看到孙悟空的眼中倒映着我那唯一的一根肋骨，那上面有云，有金箍棒，有紫金冠，有黄金甲，有意气风发，有桀骜张扬。

我被天兵拉着越飞越远，只好用尽了千年来最大的声音喊着：“你还记得吗！你还记得吗！”

此时孙悟空的眼中已经失去了那根我雕刻了无数年的肋骨，他抬起头，望向我，平静地说：“忘了。”

好多年以前，我笃信相遇即是有缘，就像江南道上的绵绵细雨亘古不变一样，英雄与少女的故事也永远不会停歇。拎枪摘梅子，大戟采青茶，岁月就在这温柔的矛盾中缓缓逝去。

后来我才明白，那些桀骜的少年与懵懂的女孩，终有一天会不告而别，自此长天一骑，地远途生，待一天几颗青梅配一盏浓茶，回首爱恨皆歌恣意恩仇，再不见他胯下五花马，她身披千金裘。

我曾是少女，他也曾是少年。

而今，我沦为可耻的背誓者，被囚禁在南天门外，任由来往仙人低声议论，孤独地静候天刑降下之日。

我从来没想过还能再见到孙悟空。

五

那天他端坐宝莲，寻玉帝而来，他有些唯诺，请求玉帝复生如今被度化的猴子猴孙。玉帝摇摇头，说：“你非我道派中人，本就无甚关联，何况我已原谅你当年犯上之错，此事休要再提。”孙悟空犹豫了一下，终究再未多说，就此坐上宝莲离去。

他第二次来的时候，没有莲花台，穿着弼马温的官服，恭恭敬敬地向玉帝再次请求复生一事。这次玉帝趾高气扬，说："戴罪之人哪里有在天庭任职的资格？我宽恕你此次冒充天官一事，下去吧。"孙悟空咬着牙，缓缓退去。

第三次，孙悟空身无寸缕，一如当年从石中蹦出来的样子，他像一个涉世未深的小妖，站在天兵天将云立的天庭中央，为猴子猴孙请命。玉帝瞥了他一眼，说："滚。"

从那天开始，我知道再也见不到孙悟空了。

一千年之前，那个齐天大圣孙悟空早就死了，这些年以来，我看着他从那个桀骜的猴子，变成了取经人，成了斗战胜佛，最后又成了一无所有的小妖，昔日的齐天大圣，如今已经被世间伦理、规矩教条深深地压在了尘土之中。

天刑降下那天，天兵天将齐聚，人人面色冷漠。我笑着看着他们，这些不食人间烟火的仙人，千万年来如同一具具行尸走肉。时辰已到，玉帝走到仙人之间，挥手而下。我便闭上眼，痴笑自己苟活的一生。千年一梦，在最后的最后，我没有了那根绣花针，更不知该从何绣起。

就这样吧，我想。

蓦然间，天刑未至，人声嘈杂，听起来纷乱无比，只听玉帝威严的声音沉声响起："什么人！"

我睁开双眼，顺着所有人的目光望去，只见远处有一大团猩红的云彩卷来，翻江倒海，气势磅礴。离得近了，才看清是无数猴子的鬼魂，也正在此时，无数的鬼魂恭敬地散开一条路，从其中走出了一只猴子。那猴子，头戴凤翅紫金冠，身穿锁子黄金甲，脚踩藕丝步云履，身披九尺猩红披风，一根金灿灿的金箍棒横挎在两肩之上。他吊儿郎当地走到猴群之前，厌恶地睥睨众仙，呸了一声，紧接着，有来自千年之前的桀骜喊声响彻仙界："齐天大圣，孙悟空！"

我忍不住笑了，却不知道为什么，又哭了起来。

人群中的玉帝沉默后，问道："你此次又要来为你那猴子猴孙请命？"

孙悟空仰天大笑，又拿金箍棒点了点我这边的方向说："俺老孙岂有请命的道理？这次不仅要为我猴子猴孙们报仇，那个女娃子，你家爷爷也要带走！"说罢，他看向我，扬头笑道，"小女娃，不要怕，我说过呀，我齐天大圣孙悟空，还会来救你呢。"

最后，他散漫地晃了晃脑袋，活动了下身子，说："杀。"

六

我是白骨精。我生前的时候，从一朵云开始绣起，那时我有血有肉，一针一针绣在锦纱上，绣在心上。后来我成了精，还是从一朵云开始绣起，一针一针绣在锦纱上，绣在肋骨上。我永远永远地盼望有一天，还会再见到那摆弄着凤翅的桀骜猴子，这一盼呀，可就是一千余年。大漠森林在变，沧海桑田也在变，我变成凡人女子，变成白骨大王，变成无数荒唐的模样，却从未改变最初的盼望。这一天，我一千三百二十七岁，我终于见到了。

我见到猩红的云海翻腾，撞在披甲的银海之前。

叫嚣怒骂，痛苦哀号，夹杂在嘈杂的厮杀声中。

我见到金色的铁棒挥舞，打在洁白的天庭之上，惊恐畏惧，不甘绝望，显现在暴戾的大圣眼中。

我见到星河璀璨，光芒四射，杀机溢满天庭。

我见到血溅银河，尸横遍野，因果逝于三界。

我还见到战场之上，一个英俊的天官变作了丑陋狰狞的猪头，手中握着迸发寒光的钉耙，一个木讷的天官变作了可憎可怖的和尚，项间挂着九个惨白头骨。

我还见到南天门下，凡间有个面露忧色的和尚双手合十，闭目唱经。

四散的法力法宝打碎了我身上的枷锁。我走过金戈铁马，走过残肢血海，走过了爱恨因果，走过了岁月长河，我走到大圣身前，悄悄站在了他的身旁，好像一千年前的一座山下，曾有一个小女孩儿带着满眼崇拜与爱慕的眼神，紧紧靠在了一只猴子的身旁。

浴血的大圣转过头，咧嘴一笑，问："小女娃，你干什么来了？"

我看向他明亮的眼睛，看向汹涌的天兵，心下忍不住窃笑，一千年了，我可不是那个惊慌失措的小女孩儿啦。我驭出那根温养了千年的肋骨，心满意足，一如当年盼得孙悟空挣脱五指山时的欣喜。**我终于站在了他的身边，轻声说："桎空山白骨大王，愿随大圣一战。"**

拾贰

生死契阔

一　命　换　一　命

当年长白山下，某夜月明星稀，有一初开灵智的长尾小狐笨手笨脚，借着月光，正叼笔偷写生死契。

生死契，闻名知义，一命换一命，委实玄妙得很。

一年，有北方的书生自长白山一脉向长安去，途经一处老林时，救了只银白色长尾小狐。

那小狐蓝眼白毛，机灵温顺，承蒙书生相助后，便整天趴在身后的书箱内，偶尔摘下来三两枝路上的垂柳，握爪把玩，呜哇乱叫。这一路上，不论是老林破庙，还是雄城客栈，书生始终身负四书五经与一只小狐，自顾自地说些历史趣事，也不怕别人说他古怪，权当一句句小狐都能听得懂了。

其次，这书生通情达理，谦逊温和。途中即便是只能摘野果、饮泉水果腹，也从来没有亏待过身后小狐，时日一长，那小狐竟也胖了一圈。

春秋两载。

书生背书入长安，考试气定神闲，一举中了当年的状元。得权后，心目间仍旧一尘不染，在御赐园林中，常种些蔬果，芰草，灌花，莳药。

一面修身养性，一面供小狐玩耍。

一年秋，龙虎山的老道进长安祭天，闻名拜见书生时，遇见那正在草木之间捉虫的小狐，指其说："此子为妖，近十年即可化人，阁下恐怕已被签了生死契，日后怕是要白白替这狐狸挡一命。"

老道摆了下手中拂尘，接着说："解法不难，老朽手下可斩三千尘缘，只须断了你与它的因果，事后取其性命即可。"

书生沉吟一番，送走了着冠老道，回头唤来那捉虫的小狐，语重心长地说："我已知你身负道行，也知我性命堪忧。本可断其因果取你性命，想一想，十年陪伴终究不舍。你走吧，人间便不留你了，只望你日后静心修行，万事小心。"

书生顿了顿，又说："当年长白山下救你一命，今后也不妨再救一次，若真有一日万劫不复，也有我挡你一命。放心吧。"

那小狐泪眼婆娑，可惜道行浅薄，无法口出人言，心中也明白书生言行必果，便握爪作揖，叼起刚摘的野果三枚，就此离去。

此后六七年，书生平安无事，唯有在夜深人静时，念起当年的赶考路上，身后有一只小狐摘柳嬉戏，得权之后，它在园中摘果捉虫。

一夜，因宫中皇权争斗，不知是哪一派的刺客潜入书生园林，持刀一柄。

书生手无寸铁，凛然赴死，岂料那柄钢刀深深插入胸膛，竟然滴血不漏。

刺客见他毫发无损，惊愕欲绝，落荒而逃。

冷清的场中，只剩下呆愣的书生看着毫无伤痕的胸膛，他思索良久，继而伏地痛哭。

当年长白山下，某夜月明星稀，有一初开灵智的长尾小狐笨手笨脚，借着月光，正叼笔偷写生死契。

图书在版编目（CIP）数据

乖，把剑放下 / 吞茶嚼花著 . — 南昌 : 百花洲文艺出版社 , 2018.5
ISBN 978-7-5500-2688-9

Ⅰ . ①乖… Ⅱ . ①吞… Ⅲ . ①短篇小说—小说集—中国—当代 Ⅳ . ① I247.7

中国版本图书馆 CIP 数据核字（2018）第 030348 号

乖，把剑放下

GUAI , BA JIAN FANG XIA

吞茶嚼花 著

出 版 人	姚雪雪
出 品 人	李国靖
特约监制	王 瑜
责任编辑	游灵通 程 玥
特约策划	王 婷 梁 潇
特约编辑	王 婷
封面设计	小 贾
版式设计	王雨晨
封面绘图	三 乖
内文绘图	符 殊
出版发行	百花洲文艺出版社
社 址	南昌市红谷滩世贸路 898 号博能中心 Ⅰ 期 A 座 20 楼
邮 编	330038
经 销	全国新华书店
印 刷	北京中科印刷有限公司
开 本	880mm × 1230mm 1/32
印 张	7.5
字 数	120 千字
版 次	2018 年 5 月第 1 版第 1 次印刷
书 号	ISBN 978-7-5500-2688-9
定 价	45.00 元

赣版权登字：05-2018-78

发行电话 0791-86895108
网 址 http://www.bhzwy.com
图书若有印装错误，影响阅读，可向承印厂联系调换。